最雅情诗·外国篇

我的心只悲伤七次

[黎巴嫩] 纪伯伦 等著

张若琳 郝泽坤 译

林玮 赏析

中国出版集团
中译出版社

目录

[爱] 威廉·巴特勒·叶芝
William Butler Yeats

《当你老了》—— 002
《长久沉默之后》—— 006
《噢，别爱太久》—— 008

[英] 珀西·比希·雪莱
Percy Bysshe Shelley

《致玛丽》—— 012
《再遇不同别离》—— 016
《爱的哲学》—— 020
《给索菲亚》—— 024

[英] 约翰·济慈
John Keats

《明亮的星》—— 030

[美] 艾米莉·狄金森
Emily Dickinson

《我一直在爱》—— 036

[美]威廉·卡洛斯·威廉斯
William Carlos Williams

《情歌》—— 040

[英]威廉·莎士比亚
William Shakespeare

《真正的爱》—— 046
《十四行诗第一三〇首》—— 050
《十四行诗第一三九首》—— 054
《爱情的礼赞》—— 056

[英]乔治·戈登·拜伦
George Gordon Byron

《春逝》—— 060
《雅典的少女》—— 064

[英]伊丽莎白·芭蕾特·布朗宁
Elizabeth Barrett Browning

《我是怎样地爱你》—— 070
《十四行诗·徘徊在你的身影里》—— 074
《当金黄的太阳升起来》—— 078

［西］古·阿·贝克尔
Gustavo Adolfo Bécquer

《当爱情被遗忘》—— 084

［西］胡安·拉蒙·希梅内斯
Juan Ramón Jiménez

《破碎之心》—— 088
《你我的爱情》—— 092

［智］巴勃罗·聂鲁达
Pablo Neruda

《我们甚至遗失了暮色》—— 096
《今夜我可以写》—— 100
《我喜欢你是寂静的》—— 106

［德］赫尔曼·黑塞
Hermann Hesse

《日子沉重冗长》—— 112

［德］卡尔·海因里希·马克思
Karl Heinrich Marx

《思念》—— 116

[德] 海因里希·海涅
　　Heinrich Heine

　　《群星一动不动》—— 122
　　《罗蕾莱》—— 124

[俄] 亚历山大·谢尔盖耶维奇·普希金
　　Александр Сергеевич Пушкин

　　《致凯恩》—— 130
　　《我曾爱过你》—— 134

[苏联] 玛琳娜·伊万诺夫娜·茨维塔耶娃
　　Марина Ивановна Цветаева

　　《我想和你一起生活,在某个乡村》—— 138

[匈] 裴多菲·山陀尔
　　Petőfi Sándor

　　《自由与爱情》—— 144
　　《这个世界这样大》—— 146
　　《我愿成为急流》—— 148
　　《你爱的是春天》—— 152

[葡]费尔南多·佩索阿
　　Fernando Pessoa

　《爱是陪伴》—— 158
　《我的爱情,不教我黯然神伤》—— 162

[印]拉宾德拉纳特·泰戈尔
　　Rabindranath Tagore

　《离别的赠言》—— 168
　《我对你的爱,穿越了千秋万古》—— 172

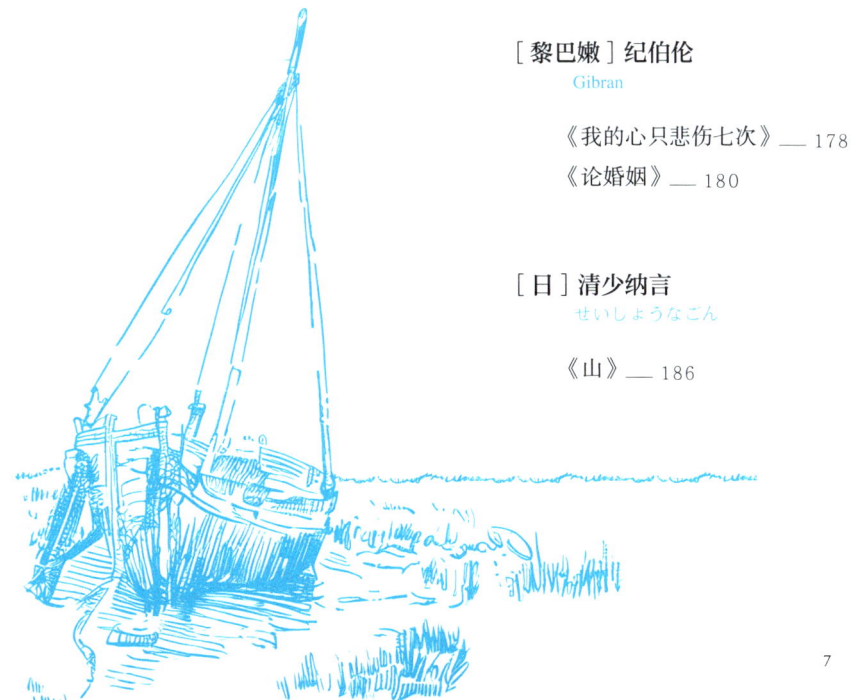

[黎巴嫩]纪伯伦
　　Gibran

　《我的心只悲伤七次》—— 178
　《论婚姻》—— 180

[日]清少纳言
　　せいしょうなごん

　《山》—— 186

资讯越发达，情感越淡薄；通信越便捷，思念越罕见。至今读两千年前的《诗经》，抑或一百年前的《教我如何不想她》，都能于文字间体会到动人心魄、撼人灵魂之感。爱情是一个永恒的话题，是人生中最值得追求的事情之一。在机器人距离我们越来越近的今天，重读古人的爱情，不只是一种回味、共鸣，更是在用人类积累的千百种武器，与那个被算法、AI、元宇宙固化了的"未来社会"相抗衡。我选情诗，愿执火种、再燎情原，愿栽大木、重柱长天。

最最亲爱的人啊，路途遥远，让我们在一起吧！

——林玮　浙江大学教授

[爱尔兰] 威廉·巴特勒·叶芝

William Butler Yeats

《当你老了》《长久沉默之后》《噢,别爱太久》

当你老了

当你老去,

鬓发斑白,

睡意绵绵。

炉火旁倦憩,

捧起这本书卷,

缓缓翻看。

回想当年双眸,

晕影幽深,

柔情缱绻。

谁曾爱慕你欢然温婉的一瞬,

怜爱你的朱颜。

真心或假意，

唯有一人爱你虔诚的灵魂，

爱你迟暮脸庞闪过的哀戚。

炉火闪烁，

你俯身深思，

黯然呢喃。

爱是如何消逝，

如何步入山峦，

如何匿在繁星之间。

当你老了　威廉·巴特勒·叶芝

赏析

叶芝（1865—1939年）曾对一位朋友说："我所有的诗，都献给了茅德·冈（Maud Gonne）小姐。"这首诗也不例外。这是在他第一次向茅德·冈求婚失败后所作，当时诗人二十六岁，他所爱之人也正值青春，而诗人却偏要写暮年的她，想象二人一同步入老年时她白发苍苍、步履蹒跚的样子。这大概是诗人想要向所爱之人表明心迹：即便求爱不得，也会爱她一生一世，这份爱坚贞不移，足以抵过时间的漫长。

可惜，叶芝一生多次向茅德·冈求婚，都以失败告终。这首诗里描绘的爱情超越时间，在日常生活的细节里积淀成漫长又温柔的吻，最终抵达天际，确实堪称"感动了一个多世纪的爱情绝唱"。而茅德·冈是一位热衷于爱尔兰民族主义运动的独立女性，演员、政治家，新芬党的创始人。谁也不曾想到，她直到最后都拒绝参加叶芝的葬礼。因为在她眼中，这位诗人"太女子气了"。其实，叶芝一生也致力爱尔兰的民族活动，只是他偏重文化，而茅德·冈偏重政治。

长久沉默之后

长久沉默之后再开口,

没错,

恋人们或疏远或逝去。

冷寂的灯光藏入灯罩,

窗帘遮住寒夜,

我们长谈又长谈。

艺术与诗歌的崇高主题,

肉体的朽迈即是聪慧。

韶华时,

我们彼此相爱,

懵懂又无知。

赏析

此诗作于1929年11月，寄赠女作家奥利维亚·莎士比亚。1903年，茅德·冈小姐嫁给了爱尔兰民族主义运动政治家约翰·麦克布莱德，叶芝则动身去了美国。在那里，他与奥利维亚有过短暂的恋情，分手后，多年未曾联系——亦即是"长久沉默"。

"长久沉默"，是一对年老的昔日情人再次重逢时的场景，他们相顾无言，"长久沉默之后再开口"。因而，这看似是一首爱情诗，实则更像是一首哲理诗，甚至是一首设置悬疑的叙事诗。首句"长久沉默之后再开口"，是一个具有戏剧性悬念的开场，营造了神秘而又深沉的感觉。紧随其后是"爱过的人都已离开或死去"则将人生漫长时光背后的"孤独"和"不友好"揭示了出来。而只要用灯罩和窗帘遮挡，暮气瞬间转为积极。衰老的是身体，获得的是智慧。而与之相伴的，是对爱情的回味。灵与肉对立，青春与智慧不可兼得，这是人生的大悲哀。

噢，别爱太久

亲爱的，别爱太久。

我曾经的爱又长又久，

像一首老歌，

渐渐难讨欢喜。

年少时，

我们总是心有灵犀，

我们那般形影相依，

但是啊，转眼她就别移——

噢，别爱太久。

你会像一首老歌，

渐渐难讨欢喜。

赏析

这首诗写得十分神秘，写实又浪漫。它依然是叶芝写给他心中渴慕的恋人茅德·冈的。在诗的开头，这位饱受爱情折磨的诗人似乎已经从感情中抽离出来，洒脱而不拘谨，并劝诫人们不要沉湎爱情。可是，在那些过往的誓言背后，是无与伦比的悲痛：曾经的心有灵犀，最终变为现在的转瞬分离。这悲痛的背后，是无法言说的心伤与感怀："你会像一首老歌，渐渐难讨欢喜。"叶芝是一位神秘主义者，这首诗更是写得充满现代的玄思，既通俗易懂，又似有无尽的说不出的哀愁。这是爱尔兰文学特有的味道。

2019年夏天，我到访爱尔兰科克大学，特意到都柏林寻访了叶芝创办的艾比剧院，看到爱尔兰至今兴盛的现代戏剧，以及人们对爱尔兰传统的继承。这处凛冽的岛国，天然适合孕育苦寒而又渴望温暖的爱情、文学，也天然适合民族主义的曲折延展。叶芝的诗是它那神秘的传统文化在当代人心中复活的象征，也是一种略显阴暗而又充满诗意的生活在全球时代的回响。

月光亲吻沧海，霞晖环抱大地，如若你吻的不是我，种种美景又有何意

[英] 珀西·比希·雪莱 Percy Bysshe Shelley

《致玛丽》《再遇不同别离》《爱的哲学》《给索菲亚》

致玛丽

哦,亲爱的玛丽,多想你能在这里。
你的眼眸,明媚又清澈。
你的声音,甜美如鸟啼。

像常春藤树荫里孤单的爱侣,
倾诉爱意时的婉转嘤咛,
堪比世间最甜蜜的声音,
你的额头……
胜似意大利,
那蔚蓝的天空。

亲爱的玛丽,快来我这里。

你不在身边,我思绪万千。

亲爱的,你对于我——

正如日落对圆月,

正如黄昏对星辰。

哦,亲爱的玛丽,多想你能在这里。

城堡也轻声回响,这里。

致玛丽 珀西·比希·雪莱

赏析

这是一首别后相思的恋歌,写得明快又隽永。雪莱(1792—1822年)短暂一生与爱情的关联,比普希金更甚。他十九岁时与十六岁的哈丽特私奔,哈丽特成为他第一任妻子;二十二岁时,又与十七岁的玛丽私奔,这一次,他赢得了一生的挚爱。玛丽·雪莱(1797—1851年),著有《科学怪人》,被誉为"英国科幻小说之母"。

婚后，雪莱与玛丽前往意大利，夫妻恩爱、经济宽裕，雪莱的创作热情倍加激发，写下了著名的《西风颂》。这首《致玛丽》也写于那一时期。这时候，雪莱与玛丽在一起已有四五年，可那种深切的爱始终如同初见一般，渴望与企盼构成了全诗的主体。两人分别后，等待成了诗人的任务；等待之中，回忆成了时光的主题。无论是眼睛、声音，还是秀额，都构成了思念的载体。它转成一种呼唤——"快来我这里"，一种强烈又重复的呼唤——"多想你能在这里"。任何一位有过相思经历的人，都会接受这种共鸣：分别的苦，只有重逢才能化解；而这苦中，又实有属于爱情的甜美在。雪莱死于意外溺水，他死时，玛丽只有二十五岁。后来，一位雪莱生前的朋友向她求婚，她说："我喜欢我现在的名字——玛丽·雪莱。"

再遇不同别离

再遇不同别离,

愁绪万千,却相顾无语。

心事重重,满是怀疑。

顷刻间,欢快拘谨;

永久成尘。

像闪电转瞬即逝,

像雪花坠江消释,

像阳光照着潮汐,

随即便被黑暗遮蔽。

那一刻从光阴中剥离,

成为一生苦痛的缘起。

欢乐不再纯一,

幻景虽美,终是泡影。

又怎能让我再次荣幸。

甜蜜的双唇,我的心本该藏住

被你碾碎的秘密。

也无法阻挡

这颗心的真诚,

它甘愿在眼泪中死去。

再遇不同别离　珀西·比希·雪莱

赏析

这首诗写于1822年,诗人雪莱在这个世上的最后一年。他显然没有做好离去的准备,而这首写"别离"和"见时"的诗,多少有点"一语成谶"的味道。

"别时"和"见时"不同,关键在于"别"是痛楚生成的起点,它直接宣告了"见"的短暂(如闪电)、无痕(如雪融)与意义缺失(如阳光为暗影隐藏)。换句话说,"见"本来是有意义的、欢欣鼓舞的、充满了幸福感的,太美了,可是,"别离"的存在使得它变成了不持久的"泡影"——只一刻就丧尽了欢乐。这一刻让诗人的爱情变成重新怀有的忧伤,让爱人的唇重新甜蜜。

爱情确实是痛楚与幸福的对立统一体。诗人的心为爱人所跳动，自然也为爱人的"别离"所"碾碎"。而这种"碾碎"，需要克制，亦即是瞒住它，不能让"心"感受到痛楚也同样来自爱情。而瞒住它的办法只有一个，就是真诚地想你，哪怕是在想你中"死去"，它也只愿在想你中"死去"。

1822年7月8日，暴风雨，雪莱在夜里驾船接人，船沉人亡。十天后，他的尸体在海边被发现，而脸部和裸露在外的四肢都已残缺不全。人们只能从他口袋里装着的一本《济慈诗集》判断他就是雪莱，还差二十多天年满三十岁的雪莱。

爱的哲学

泉水汇入河流,
河流涌向远洋。
天上的风,
永远裹糅甜蜜。
世间总是成双,
万物皆为天定,
相遇、交融。

我和你又为何相离——

看那高山亲吻重霄,

海潮紧拥浪涛。

纵使花开并蒂,

相鄙也无法轻饶。

月光亲吻沧海,

霞晖环抱大地。

如若你吻的不是我,

种种美景又有何意。

爱的哲学　珀西·比希·雪莱

赏析

这首诗的诗眼,在结尾处——"月光亲吻沧海/霞晖环抱大地/如若你吻的不是我/种种美景又有何意"。诗人用一连串的自然规律,看似在说明一个道理:"万物皆为天定/相遇、交融",而这个道理其实是一个歪理。因为它立论的基础,在于爱情。

"高山"可以"亲吻重霄","海潮"能够"紧拥浪涛","霞晖"可以"环抱大地","月光"可以"亲吻沧海"……好像一切都是那么自然,真的证明了"世间总是成双",甚至,泉水到河水,河水到海水,都是说明"融汇于一体"的必然性。然而,这一切真的可以说明爱情的存在吗?不一定!因为它们是否能作为证据,关键在你是否爱我。如果你爱我,这世界瞬间就完美了,一切都将"相遇、交融"。而如果"你吻的不是我",那这一自然、和谐,按照规律运行的世界在我眼中就将于一瞬间倾塌,世界不复存在,意义也不复存在。这就是爱情的价值,就是诗人作诗的情趣和灵感所在——为了天地长存,请你吻我。这就是爱的哲学,符合所有逻辑与定律的哲学,唯爱的哲学,最真的哲学,放之四海而皆准的哲学。

给索菲亚

（1）

你好美，海里地上的仙女，

也少有你这般美丽。

好比称身的袍服，

你纤柔的肢体。

闪转、腾挪、明耀，

生命也跳跃其中。

（2）

你深邃的眼眸，像一对双子星，

将智者熔为痴人，

闪着火光，柔情且明亮。

欢欣在旁煽鼓，

宛如海上的和风，

枕在你心的柔梦。

（3）

听到你激越的琴声，

眼里绘出的面庞，

都会随欢喜而苍白。

消弱的灵魂会更为微弱，

那就别怪你说到痴心人，

我的心早已对你痴迷。

（4）

像晨风下的朝露，

像旋风唤醒的波涛，

像雷声中的鸟儿，

像震撼中无言的万物，

像感知到无形的精灵，

你在我身边时，我的心便是如此。

给索菲亚 珀西·比希·雪莱

赏析

索菲亚是雪莱一位叔伯长辈的养女，1819年12月初在旅行意大利途中到达佛罗伦萨，专程拜访了雪莱。据说，她活泼、可爱、率真，喜欢唱歌。她在雪莱家住了一段时间，与雪莱夫妇成了亲密的朋友，雪莱也写了几首抒情短诗，供她配乐演唱，其中就包括这首。

这组诗用极富想象力的自然和宇宙之美，描绘了这位女性。她温柔又轻盈，充满生命的律动；尤其她的眼眸，顾盼有神。诗人在字里行间，把真挚的爱慕和炽热的感情，全都灌注其间。一种很微妙的情感，在这首诗中逐渐生成。你很难说它是爱情,却又很像是爱情。它是两性在相互靠近(心临近)时,自然生发出的灵魂颤动。诗人用了一系列远离日常生活的意象,比如陆地和海洋的仙女、苍穹深处的星星、闪着的火焰、海上的气流、看不见的精灵,以及旋风唤醒海涛、小鸟听到雷声等,来形容这种日常生活之中并不常见的"爱情",既烘托出索菲亚小姐的超凡脱俗,又显现出这份爱情不但深切,且磅礴,自由有力而又与众不同。

圣诞节前,索菲亚就离开了雪莱的家,前往罗马。此后,他与她再未相见。

静静地细听她温柔的呼吸　相伴白头——或痴迷而终

[英] 约翰·济慈

John Keats

《明亮的星》

明亮的星

明亮的星,我愿坚定如你。

但不愿璀璨孤悬在夜空。

如同天地间无眠的隐士,

眼睑永不闭合地凝视,

凝视流水履行牧师的圣职。

洗礼尘世的堤岸,

凝视新的面纱缓缓落成白雪,

盖住山峦还有荒原。

不——只愿坚定如你,只愿不移如你。

枕在美丽爱人的酥胸,

不休感受轻缓的起伏;

不眠浸在甜蜜的躁动;

静静地,静静地细听她温柔的呼吸,

相伴白头——或痴迷而终。

明亮的星 约翰·济慈

赏析

济慈（1795—1821年）与雪莱关系甚好，而且同为浪漫主义诗人，却比雪莱更英年早逝。他弃医从文，一生只爱过一个正当最好年龄的人。二十五岁那年，他爱上了当时的邻居、十八岁的少女芬妮·布朗。两人次年订婚。而这首诗正写于这一年（1821年）。

也正是这一年，济慈患上了当时被视为"不治之症"的肺结核，健康状况每况愈下。医生建议济慈搬往更温暖的地方居住，他去了意大利的罗马。在去罗马的途中，济慈自知将不久于人世、与爱人天人永隔，又把这首诗抄写在莎士比亚诗集的空白页上，再次送给他的爱人芬妮·布朗。十四行诗是济慈热爱的文体，而这是他生前写下的最后一首十四行诗。诗人从自身生命体验出发，在诗歌中融入对生活、死亡、爱情、永恒等主题的思考，悲伤、忧郁的基调贯穿全文，可爱情的特质却如星辰一般，始终在文中闪耀，即明亮、坚定，不孤单。

一种矛盾的心理在字里行间展露无遗：生命如流星，却想要追求永恒；沉湎于爱情，却又摆脱不了死亡的阴影。全诗运用了诸多大自然的意象，表现出诗人对爱情永恒的期盼，以及对人世的无比眷恋。第九行是全诗的转折点，诗人在第五行诗之后转向对爱情的描绘，前面八行的矛盾与挣扎都消失不见了，转变为对现实爱情体验的感官描绘。诗眼在结尾处：诗人将枕卧于爱人的胸膛享受永恒，或者在痴迷中死去——这是另一种"永恒"。

2009年，英国广播公司（BBC）出品了同名的唯美电影《明亮的星》，演绎了济慈和芬妮间的动人爱情。在片中，济慈咯血去世后，一袭黑衣的芬妮在悲伤的回忆中，轻声诵读过此诗。据说，济慈在罗马病逝后，芬妮悲痛欲绝，为爱人服丧七年，并戴着济慈送给她的订婚戒指直至去世。

我爱你之前 从未活得如此——尽兴

[美] 艾米莉·狄金森 Emily Dickinson 《我一直在爱》

我一直在爱

我一直在爱。

我向你证明,

我爱你之前,

从未活得如此——尽兴,

我将一直爱下去——

我向你辩证,

爱是生命——

生命不朽——

亲爱的——如果——

你对此怀疑,

我也,

无从举证,

除却,

髑髅地——

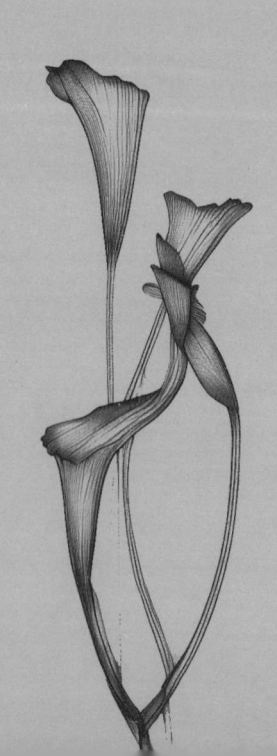

赏析

艾米莉·狄金森（1830—1886年）在美国文学史上的地位极高。"耶鲁学派"重要批评家哈罗德·布鲁姆在《西方正典》中只论述了两位美国诗人，即惠特曼和艾米莉·狄金森。这是一位传奇女性，她的一生因爱情而发生重大转折，与世隔绝近三十年，留下一千八百余首诗，生前只发表过七首。而大量锁在盒子里的诗，充满睿智之思，各种新奇的比喻和词汇洋溢其间。尤其是艾米莉·狄金森写大自然的诗，常为儿童诵读，在美国可谓家喻户晓。她是美国二十世纪现代主义的先驱，也是一位真正通过爱情理解这个世界的人。这首《我一直在爱》，就是一个证明。

艾米莉·狄金森最初爱上的是一位地方报纸编辑，塞缪尔·鲍尔斯，一位有妇之夫。因此，两人的爱情并没有真正开始。可是，艾米莉·狄金森由此转入闭门不出的生活。那一年，她二十五岁。也正是在那一年，她搬回了曾因经济困难而被父亲出售的祖承小屋里，种花、烹饪、写诗。后来，她又爱上了父亲的同事洛德法官，并在洛德妻子去世后，两人发生了亲密关系。而那一年，她四十七岁，他六十五岁。他向她求婚，她拒绝了。是她不爱他吗？不是的。她用他的新娘的口吻写诗，在诗中把自己嫁给了他。而在现实中，婚姻往往意味着女性独立的丧失，这是艾米莉·狄金森不愿意接纳的。她虽然只有过两段没有结局的爱情，但她确实是用诗证明了"我一直在爱"。

这首诗的开篇就是主旨，而诗眼则在结尾处——"髑髅地"，那是耶稣受难的地方。在基督教的传统中，耶稣受难的缘由只有一个，那就是太爱世人了。诗人借用这个典故是为了表明：爱就是生命，如果对此抱有怀疑，那么只有死亡可以证明我的爱。

爱的斑痕 遍布寰宇 姜黄姜黄 朵朵姜黄 沁透叶壁

[美]威廉·卡洛斯·威廉斯

William Carlos Williams

《情歌》

情歌

我躺在这里,想你,

爱的斑痕,

遍布寰宇。

姜黄、姜黄、朵朵姜黄,

沁透叶壁。

藏红花也无从躲避。

撑起枝蔓宛如号角,

坚劲挺向缎紫天域。

方圆黑漆,

只有点点斑痕,

黏稠如蜜,

向下坠滴,

一叶叶、一枝枝

将那斑姜黄,

洒满各地。

而你站在远方,

头上——是西边酒红的天际。

情歌　威廉·卡洛斯·威廉斯

赏析

　　这首诗最受世人瞩目的，是它的颜色——"姜黄、姜黄、朵朵姜黄""藏红花也无从躲避""坚劲挺向缎紫天域""头上——是西边酒红的天际"。然而，很少有人说得清，这些颜色的美到底在哪里。还是要回到威廉·卡洛斯·威廉斯（1883—1963年）自身的诗歌创作中。威廉斯是一位医生，妇科、儿科兼全科医生，行医四十多年，接生数千名婴儿。诗歌对他来说，不是职业，而是感受生活质地的工具，或称感官。

威廉·卡洛斯·威廉斯在美国现代诗歌史上有较高的地位，而其诗学观念就是"要事物，不要思想"。因此，他开创了一种把日常生活之物，比如"两只野鸡/两只野鸭/一双从太平洋里/捞出来二十四小时的大螃蟹/和两条来自丹麦的/鲜活急冻/鳟鱼"，列为诗歌的独特写法。在他看来，美国本土文化就是如此直接，只要描述，不必加以渲染和神秘化。他反抗的对象，恰是艾略特这种学院派诗人，讲求用典与构词。而这首诗就写得十分典型，全诗关于爱情只有开篇一句话："我躺在这里，想你"。而后，全诗都是对诗人躺着所见的描绘，直至结尾。贯穿其中的，是诗人的"爱的斑痕"的所见和所感。这种所见与所感，读来令人称奇，它让一个午后的特色视觉片段，融化为"爱的斑痕"，极为可贵。

威廉斯真正的大作是《帕特森》。2016年，美国导演贾木许拍摄了一部故事片，名为《帕特森》，就是向威廉·卡洛斯·威廉斯的致敬之作。不得不说，威廉斯及其诗学精神不但为美国文化开疆辟土，而且真正实现了美国哲学实用主义的现代化与文艺化。

爱情不会随年岁而迁移 坚挺到底 直至死去

[英]威廉·莎士比亚

William Shakespeare

《真正的爱》《十四行诗第一三〇首》《十四行诗第一三九首》《爱情的礼赞》

真正的爱

我坚信,两颗真心的结合

无法阻挡。

真爱不会随着变化而改变;

也不会因人思迁而背叛。

噢,不!它是永远矗立的标志,

它直视风暴,永远不会动摇,

它是明星,指引那迷途的船只。

尽管高度可知,但价值不可估,

爱情不是时间的傻瓜。

尽管朱唇红颜在岁月的折磨下殆尽,

爱情不会随年岁而迁移。

坚挺到底,直至死去,

如果这都是谬误,并在我身上得到证实,

就当我从来没有写过,也没有人真正爱过。

真正的爱　威廉·莎士比亚

赏析

  莎士比亚（1564—1616年）是英国文艺复兴时期剧作家、诗人，被誉为"人类文学奥林匹斯山上的宙斯"。他的一生留下了三十七部戏剧、一百五十四首十四行诗、两首长叙事诗。这样一位生卒年月十分清晰，存世作品考据清爽的作家，世人却对他是否在这个世界上真正存在过，一直存有争议。不少人都认为，"莎士比亚"不是某个具体的人，而是一个笔名，甚至可能背后存在若干位"枪手"，是集体创作的结晶。

无论莎士比亚是否真的确有其人，他的作品迄今为止仍在影响着人们。这首《真正的爱》，就写了一种真正的爱。它不因时光流逝而改变，不因外在变化而游移，它不增不减、无损无灭，它一直持续到生命的尽头。这是所有人对"真正的爱"的理解。诗人用了几个深刻且深切的比喻：它是标志、是明星，是人活着的意义和方向。可是，也诚如所有人所感受的那样——这样的爱太少太少。于是，诗人在全诗的末尾写道：坚挺到底，直至死去。或许，结尾处"如果这都是谬误"中的"这"，也可以理解为诗人对某位女性的爱。那么，这首诗就是写给她的，是诗人真挚的表白。

真正的爱　威廉·莎士比亚

十四行诗第一三〇首

我爱人的眼睛一点不像太阳；

珊瑚比她的嘴唇还要红得多：

雪若算白，她的胸则暗褐无光，

发若是铁丝，她头上铁丝婆娑。

我见过红白的玫瑰，轻纱一般；

她颊上却找不到这样的玫瑰；

有许多芳香非常逗引人喜欢，

我爱人的呼吸并没有这香味。

我爱听她谈话，可是我很清楚

音乐的悦耳远胜于她的嗓子；

我承认从没有见过女神走路，

我爱人走路时候却脚踏实地：

可是，我敢指天发誓，我的爱人

胜似任何被捧作天仙的美女。

十四行诗第一三〇首　威廉·莎士比亚

赏析

  十四行诗,是欧洲一种格律严谨的抒情诗体,最初流行于意大利,后来传到欧洲各国。莎士比亚十四行诗有自己的音韵特色,通常会在最后一副对句中概括内容,点明主题。这首诗就比较典型,在诗的前十二行,诗人从不同方面揶揄、贬低了自己的爱恋对象。当然,其揶揄的方式,都是与极致的喻体相比较:眼睛没有太阳明亮,嘴唇没有珊瑚鲜红,胸脯不能与晶莹的雪相比,头发如铁丝般僵硬,脸颊不如玫瑰般粉红,呼吸也没有特殊的芳香,嗓音不如音乐动听,走路不如女神飘逸。这一组比较,让这位女性有了人间烟火气,她是接地气的。于是,在最后一副对句中,诗人说:我向上天发誓,我爱人的珍贵无与伦比,世间万物都不可和她比拟!

这首诗的前后比较，显然是一种爱情观的表达。我们可以想象，或许诗人的爱人是一位黑肤女郎，抑或是相貌平平。但诗人的爱是"各花入各眼"。我们还可以进一步想象，诗人对爱情观的理解在冲动与理智、肉体与灵魂、平凡与高雅、世俗与神圣、好高骛远与脚踏实地之间，选择了后者而非前者。这是自苏格拉底以来就为人们称颂的爱情观：肉体的爱是基础阶段，但爱情不能沉溺于基础阶段；基础阶段的爱，总是容易得到满足，它应该有更高的灵魂追求。

十四行诗第一三九首

哦！别叫我原谅你的残酷不仁，

因为你的冷漠，在我心中根深蒂固；

不要用你的目光伤我，要用你的言语：

直面硬当，不要诡计多端。

告诉我，除了在我眼前，你还爱着哪里，

亲爱的心，别再暮四朝三：

你又何必暗地伤人。

你的力量已是我所不能抵拦，

让我原谅你：啊！我的爱人清楚知道，

她迷人的眼神是我的死敌；

因此，她把它从我脸上赶走，

使它们在别处造成伤离：

但不要这样做，既然我快被你斩杀，

就用眼神直接杀了我，让苦痛远离我吧。

赏析

  这是一首怨诗。不同于中国古代爱情诗中的怨恨,总是留给女性,写成"闺怨",莎士比亚的这首诗完完全全是站在男性的视角来写的。女性的移情别恋,使爱情变成了恨意。这首十四行诗的前八行,都在描述一种被抛弃之后的恨意,它咬牙切齿、毅然决然——"别叫我原谅你的残酷不仁",请"直面硬当""不要用你的目光伤我,要用你的言语"。到了第九行,诗人忽然把话锋转至女性,"让我原谅你",他说。

  到此,诗人给出了辩解的理由,那是前文恨意的彻底翻转。这位移情别恋的女性,心地是何等善良。她知道自己的目光能杀死诗人,"她迷人的眼神是我的死敌;因此,她把它从我脸上赶走,使它们在别处造成伤离"。这是爱的理解,是诗人更爱她的表达。至全诗的最后一副对句,诗人把恨意变成了哀求:恳请女子不要用善意延缓失恋的痛楚,就让这痛楚来得更猛烈些吧。莎翁在这首诗里的表意与今人流行音乐中《冷酷到底》一曲极为相似,爱得越深痛越彻底,而痛的本身就是爱的延续。

爱情的礼赞

如果是爱让我发誓放弃,我又该如何发誓爱你?
噢,若不是对美人的誓言,信念永远无法相与;
虽是我自己背弃誓言,但对你我是情比金坚;
我的坚定如同橡树,对你来说却同柳枝弯曲。
请细读它一叶叶的柔情蜜意,
它的幸福都写下并落在你的眼中。
没有博学的口才,无法对你赞誉,
只有愚昧无知的人,见你才会毫不惊奇,
我是无比自豪,我是如此爱你。
你的眼睛好似神明的闪电,声音好似雷霆,
心平气静时,又如那乐曲和甜美的火焰。
你是天上的人,噢,不要错爱这些诗句,
只是用世俗的言语唱出天堂的颂礼。

赏析

《爱情的礼赞》是一组十分有趣的爱情诗,它由十四首短诗组成,出版于1595年。如果莎士比亚真的存在,写诗的那一年,他应该正值而立之年。那时候的他,一定风趣、自信,见惯了风月场上的来来往往。正因为此,这组诗名为"爱情的礼赞",实则是"虚情的嘲讽"。全诗用男子的内心独白为笔调,写得极为幽默,把恋爱双方的彼此玩弄、互相欺骗,使性子、耍脾气都写得入木三分。

这首诗是其中的第五首,而在第十一首中,诗人用"我吃尽苦头,却从来未得实惠"来说明了两人的关系。这位男子在一场为虚情假意的女子所主导的恋爱中,迷失了自己。他深切而悸动地爱着对方,把对方视为天人,是一本书,而自己读书、学习是为了"懂你",学问的意义是为了拥有"赞誉"你的能力。可是,对方呢?她的眼神"好似神明的闪电",她的声音则是神明的"雷霆"。他卑微地赞颂道:"心平气静时,又如那乐曲和甜美的火焰"。甚至,连她不喜欢他的赞颂,他也会说因为"你是天上的人,噢,不要错爱这些诗句"。

可以说,莎翁的笔辛辣地讽刺了他们这种自谓的爱情其实是何等的虚伪。不平等的关系,无论男女谁占主导,最终都不过是虚情假意、口是心非。爱情诗多数是写爱情的甜,而莎士比亚却写了这种爱卖弄风情、对人忽冷忽热、假惺惺地厮混着的特殊女性,今人谓之"茶"或"渣"者,其实也不乏其人。

倘若我与你再逢 一别经年 我该如何问候你 以眼泪 以沉默

[英] 乔治·戈登·拜伦 George Gordon Byron

《春逝》《雅典的少女》

春逝

我们分别时,
凝噎无言。
想着此去经年,
痛心入骨。

       你的脸苍白冰冷,
       你的吻更为寒凉。
       当时已然预示,
       今日的悲痛。
       清晨的寒露,
       冷上眉头。
       似乎在兆告,
       我现在的心境。

誓言不复存在,

你却如此云淡风轻。

听见你的名字,

愧悔无地。

他们当面谈论你,

我听见丧钟鸣起,

不禁战栗。

为何当时那般宠溺,

没人知道我们相识,

甚至过分亲密。

现在追悔莫及,

只道是情深难叙。

春逝 乔治·戈登·拜伦

我们曾经私下相会，

现在我却暗自神伤。

你的内心也会淡忘，

你的灵魂也会欺瞒。

倘若我与你再逢，

一别经年，

我该如何问候你。

以眼泪，以沉默。

赏析

拜伦（1788—1824年），是英国浪漫主义诗人，也是希腊民族解放运动的领导人之一。他天生跛足，对爱情有着异于常人的敏感。这首诗写的内容虽然是对一位背信弃义的女子的哭诉，但其结尾一句却因极易动人而成为千古名句。

"倘若我与你再逢／一别经年"。两个真正爱过的人，还将如何见面呢？爱已转化为追忆，物是人非，唯有泪流。两个相爱的人，从陌路到相识，到熟悉，到相爱，其间点点滴滴的美妙，经不住欺骗，或是琐碎的折磨。而一旦美妙不再，爱情消散，那些追忆会转成更深沉的痛。当年爱得很真，最终还是分手。所有真正爱过的人，恐怕最后很难继续做朋友。因为那些点滴始终都在，那种悲痛也只有亲历者才明白。据说，这首诗是拜伦二十岁时创作的，他爱上了一位有夫之妇，后来听闻其又与别人有染，继而产生被欺骗之感。诗人在诗中倾吐失恋的苦和痛，也不乏对恋人的谴责。可是，诗人并没有因受到恋人的冷落、欺骗就将这份爱转化成恨，更多的是表达对爱情逝去的追怀和感伤，只因诗人将爱情视为一种超绝的信仰。尽管这段爱情曾经只能以"秘密地会面"的形式呈现，尽管诗人遭到对方的"淡忘"和"欺瞒"，但他依然爱着对方，这种爱是极为纯粹的，本就不是为了得到回馈而去爱，而是为了绝望、虚无而爱。

2001年，韩国导演许秦豪以拜伦此诗为名，拍摄了电影《春逝》，获第十四届东京国际电影节主竞赛单元最佳艺术贡献奖。这部电影就讲述了一个没有结尾的爱情——刚刚分手的两人，走在街头，樱花盛放。主动提出分手的女主恩秀突然问："能从头开始吗？"男主尚优沉默了一会儿，他轻声却又坚定地说："不。"

雅典的少女

雅典的少女,我们分别前,
还我,把我的心还我。
可它,既然已经离了我的胸膛,
你就留着吧,把别的也拿去。
我走之前,请听我的誓语。

你是我的生命,我爱你!
爱琴海的风,
拂起云鬓,清扬飘逸,
你的睫毛,乌墨似玉,
轻吻脸颊,色若凝霞,
我以你野鹿般的眼睛誓语。

你是我的生命,我爱你!
还有让我欲罢不能的双唇,
还有那盈盈一握的腰身,
还有这些定情鲜花,
胜过一切言语的抒发,
以爱情的喜悲为名。

你是我的生命，我爱你！
雅典的少女！我走了，
孤独时，要想我，亲爱的。
虽然我飞奔去伊斯兰堡，
我的心神却留在雅典。
我会停止爱你吗？不会！

你是我的生命，我爱你！

雅典的少女 乔治·戈登·拜伦

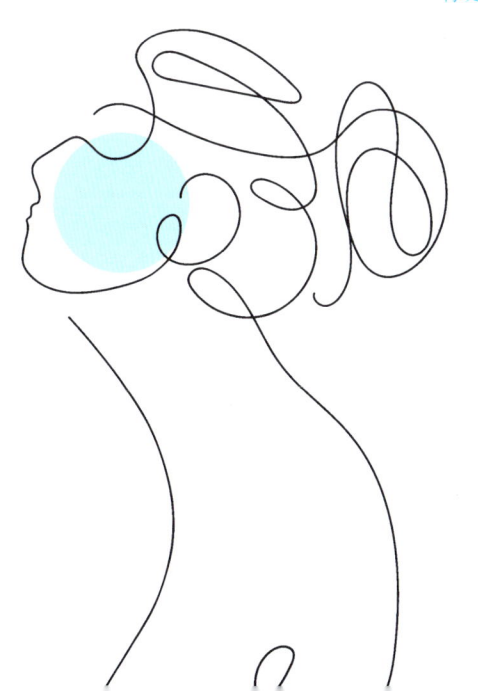

赏析

1810年，拜伦旅居雅典，他邂逅了一位名叫特瑞莎的雅典少女，炽烈地爱上了她。而《雅典的少女》正是拜伦分别前对特瑞莎的赠语，也是他诚挚的内心独白，更是他的情诗名作。它曾被谱写成多种乐曲，一时广为传唱。

这首诗的妙处，在于对心情的刻画。它将与爱人离别的心情书写得生动、细腻，又充满曲折。在诗的开篇，诗人让少女将自己的心"还我"，似乎有些决绝，但旋即笔锋一转——"既然已经离了我的胸膛／你就留着吧，把别的也拿去！"这种突转的笔法，把心中的难舍写得淋漓尽致。随后，第二、三节诗开始了细节描述，诗人写了她的鬓发、睫毛、眼睛、红唇、腰身，而在每阵"爱琴海的风"都追逐着她的卷发、"浓密纤长"的睫毛和"野鹿般的眼睛"中，诗人誓语的凭证，亦即是特瑞莎在诗人眼中无可比拟的美，就自然地浮出了水面。

最后一节是全诗的结尾，也是这段感情的自然剧终。在那个通讯技术不甚发达的年代，"一转身，一辈子"是常态。而这首诗刻意地在每个诗节结尾都作了重复的"你是我的生命，我爱你"，正是要让这种诀别显得和缓、自然。将爱人与自己的生命作比，今人王小波与李银河的情书集《爱你就像爱生命》亦是一例。

命运将我们分开 你的心却留在我心中 一起跳动

[英] 伊丽莎白·芭蕾特·布朗宁

Elizabeth Barrett Browning

《我是怎样地爱你》《十四行诗·徘徊在你的身影里》《当金黄的太阳升起来》

我是怎样地爱你

我是怎样爱你?让我一一列举。

我爱你,

是那般深邃高远,

如同探求生命的终结

和深厚的恩典。

无论是晨光下,

还是烛火旁,

我都爱你不息,好比每日的必要供给。

我自由地爱你,就像人们声讨正义。

我纯洁地爱你,就像人们鄙弃阿谀。

我爱你,

以旧日的悲痛,以童年的信仰。

我爱你,

以随虔诚而去的倾心。

我爱你,

以呼吸,以笑容,以泪水,以我全部的生命。

如果上帝准许,

死后我将更加爱你。

我是怎样地爱你 伊丽莎白·芭蕾特·布朗宁

赏析

勃朗宁夫人（1806—1861年）出生在英格兰的一个富裕家庭，自幼就展露出非凡的文学天分。可是，天不我与，她十五岁骑马摔断了脊柱，在此后的二十四年时间里几乎无法下床生活。直到三十九岁那年，她因诗作而名满天下，收到比她小六岁的诗人罗伯特·勃朗宁来信，一切才发生了变化——爱情使她重新站了起来。

这是一段令人震惊的爱情。罗伯特·勃朗宁在1845年前去看望年长且残疾的心上人，并在次年模仿他心目中的英雄——雪莱，迅速而神秘地带走了她。两人在行前就正式结了婚，抵达意大利，落户于比萨。他们在一起长达十五年。

勃朗宁夫人的《葡萄牙人十四行诗集》写于她答应罗伯特·勃朗宁的求婚期间。诗集通篇记录她与丈夫的爱情生活，被看作是二人完美爱情的写照。而这篇《我是怎样地爱你》则是其中的第四十三首。它以强烈的艺术感染力和广为传诵的首句，被誉为"最有名的英语爱情诗"。诗人以连续七个"我爱你"开头的句子，强调"爱"的主题，直言不讳地诉说着自己炽热、纯粹的爱意。诗人的爱之强烈，如她"旧日的悲痛"，爱之忠诚，如"以童年的信仰"，都为爱情赋予了极为诚挚、宏大的感触。特别是诗人将这份爱与对上帝和宗教的爱相提并论："我爱你/以呼吸，以笑容，以泪水，以我全部的生命/如果上帝准许/死后我将更加爱你"。诗人相信上帝的存在，她请上帝为自己做证，纵然死去，她的灵魂将爱得更深。如此，爱便超越了生死而永恒不朽。这种感天动地的爱，使勃朗宁夫妇坚定了信心，真正活成了举世难得的文学伉俪。

十四行诗·徘徊在你的身影里

抛下我吧,

但我想、从此,

我将站在你的阴影里。

再也不会,

独自伫立命运的门口。

再也不能,

一手掌控灵魂的脉络。

再也不像,

从前自由自在地将手伸向阳光。

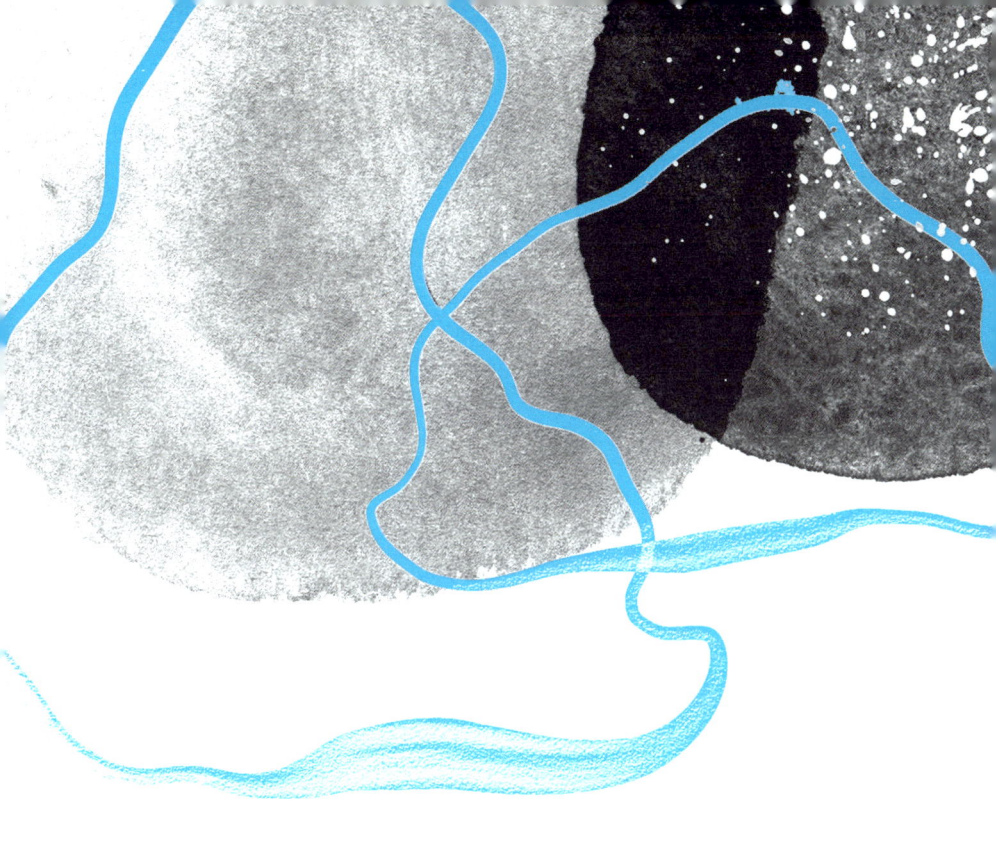

不像以前那般矜持,

不敢感受你触碰我的掌心。

命运将我们分开,你的心却留在我心中,

一起跳动。

就像红酒永远尝得出葡萄,

我的白天与梦里都有你的身影。

当我为上天祈祷,上帝会听到你的名字,

又会看到我的眼睛里有两个人的眼泪。

十四行诗·徘徊在你的身影里　伊丽莎白·芭蕾特·布朗宁

赏析

这是《葡萄牙人十四行诗集》中的第六首，是勃朗宁夫人在与后来成为其丈夫的罗伯特·勃朗宁初遇时的内心独白。诗人的孤独与幸福、自尊与自卑、激情与理智，都在这些"徘徊"中得到彰显。它是诗人与自我的对话。

诗的开篇用了一个祈使句，一句从痛苦、失落、怅然中迸发的恳求——"抛下我吧"，显示出一丝决绝的意味。然而，紧接着，一个"但"字造成诗情的逆转，爱情的种子已然在诗人心中萌发——"但我想，从此／我将站在你的阴影里"，即便她与爱人之间有着天差地别的悬殊，也不能磨灭掉她心中对爱人的思念与眷恋。由于早年间多愁多病、终年蛰居闺房的经历，诗人的内心是极其敏感和自卑的,她内心曾反复地徘徊与挣扎,"命运将我们分开",这里的"命运"即是指她曾遭受命运的捉弄,致使二人在命运上隔绝开来,却隔绝不了相爱的两颗心,"你的心却留在我心中/一起跳动","我"的眼里流着两个人的眼泪,两个人早已融为一体,在情感上无法分离。

  这首自我吟咏的诗作,于《葡萄牙人十四行诗集》中十分常见。勃朗宁夫人把这些诗作送给丈夫前,并没有想要出版。而丈夫坚持出版时,她也倍感犹豫,于是才有这奇怪的书名《葡萄牙人十四行诗集》——假托是葡萄牙人的诗集,而内在的正是一位多情诗人遇到旷世爱情的自我省思,读来唯真而已。

当金黄的太阳升起来

在你爱的誓言下,太阳第一次升起,

我便开始期待明月,解开我们的情意,

它们似乎系得过早过急。

我想,爱得越快,越容易嫌弃,

何况,我眼中的自己,

不配和你这样的男人相依!

——我更像是走调破旧的提琴

卓越的歌手会怒不可遏,

这把琴破坏了他的歌声,

刚发出粗哑的音符,便会将其懊恼抛弃。

这么说,我不曾亏待自己,

但却冤了你。

一张破琴,在伟大的乐师手里

也会奏出悦耳的乐曲;

而真诚的灵魂,

可以在勒索、也同时在溺爱。

当金黄的太阳升起来 伊丽莎白·芭蕾特·布朗宁

赏析

这首诗是《葡萄牙人十四行诗集》的第三十二首,生动描绘出勃朗宁夫人与丈夫相恋初期思想感情转变的清晰脉络:由最初对爱情的疑虑,发展至进一步的绝望,再到确证爱之后的惊讶,最终转向对爱的信仰。

诗人将自己比喻成"一张走调破旧的提琴",认为自己配不上对方,延续了她由自身经历而一贯持有的自卑感,继而对爱情由疑虑转变为绝望;紧接着,诗人的情绪发生了关键的转折,"但却冤了你／一张破琴,在伟大的乐师手里／也会奏出悦耳的乐曲"。诗人对这段感情感到惊讶,曾经的疑虑全部消散了,她蜕变成了一具"能流出完美和谐的韵律"的"琴"。这使得诗人内心由动摇转变为坚定,最终信仰爱情。这样起承转合的情感线索,不仅深刻彰显了诗人的感情波动,更使得读者能够深入走进诗人的内心情感世界,随着诗人一起充分体味爱情的不确定性,以及由这种不确定性所带来的、快乐与痛苦并存的情感体验。

这首诗的妙处,除了首句与诗题的那种希望之感,除了诗人卸下自卑后的欣喜之情,那种自况"破琴",而将爱人比作"乐师"的喻义,也让人心有所会。

当爱情被遗忘 它将去向何方

[西] 吉·阿·贝克尔

Gustavo Adolfo Bécquer

《当爱情被遗忘》

当爱情被遗忘

叹息是气,它融入尘埃,
眼泪是水,它汇入海洋。
告诉我,姑娘,当爱情被遗忘,
它将去向何方?

赏析

古·阿·贝克尔（1836—1870年）是一位比较纯粹的诗人，也被看作是"结束西班牙诗歌浪漫主义时代而开创现代诗风的诗人"。这首诗出自《诗韵集》，是诗人在而立之年前后所作，正很好地体现出了这种转折意味。

诗很短，用语也很简单，但构思极为精巧，情调又悱恻缠绵。全诗只有四句话，每句是一种事实的指向。失去了的爱情，导致了叹气与流泪，而气和泪都有各自的归处。唯独爱情，它去了哪里？诗人用消散了的爱，质问它的主体——"告诉我，姑娘"。事实上，姑娘哪里知道呢？爱的生成与消散，从来没有痕迹。

这首诗写的是失恋，有失恋之痛，却无失恋之消极。它表达的是诗人内心的忧郁、凄凉和痛苦，又能唤起读者无尽的共鸣。十九世纪的西班牙风起云涌，而诗人对此可谓毫不关心。他的作品脱离社会传统和民族感情，正为现代主义的诞生提供了铺垫。这首诗放在任何时候读，都有其意味，正如爱情在何时都能存在。

你出现在玫瑰花丛 一如往常惊喜莫测 满面笑容 于是交织的情网 结成了红绳

[西] 胡安·拉蒙·希梅内斯

Juan Ramón Jiménez

《破碎之心》《你我的爱情》

破碎之心

我曾以为那空虚的心灵，

已被永久铸成。

纯净高大的竖琴，

已被我诗弦锁定。

新柔春天的花朵，

在我所到之处盛放。

平静之梦、欢愉之歌，

在我心角洒满阳光。

你出现在玫瑰花丛，

一如往常惊喜莫测、满面笑容，

于是交织的情网，

结成了红绳。

惊鸿一瞥徒增伤情，

爱你之心悬而未定，

再次坠落片片凋零。

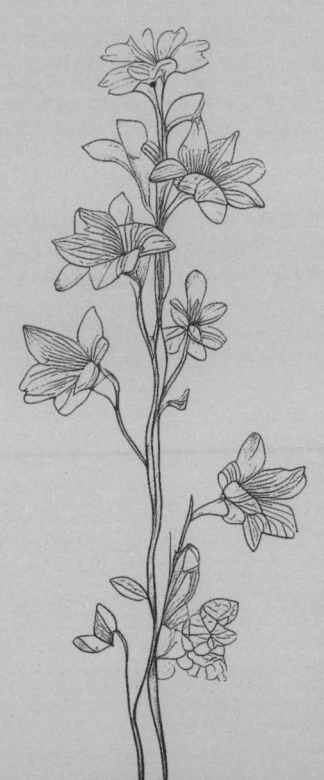

破碎之心　胡安·拉蒙·希梅内斯

赏析

　　希梅内斯（1881—1958 年）是二十世纪西班牙新抒情诗的创始人，1956 年获诺贝尔文学奖。他的诗有着鲜明的风格演变，而其演变与转型，跟希梅内斯的爱情有着密切的关系。早期，希梅内斯是一位现代主义诗人，作品艰涩而忧郁。

　　1912 年，希梅内斯结识了泰戈尔的西班牙语译者——塞诺薇亚·坎普鲁比，并对她一见钟情。四年后，两人的爱情修成了正果。而正是两人的爱情，使希梅内斯在人生和创作道路上发生重大转折，生活、精神和诗歌面目一新。由此，诗人创作进入第二个时期，现代主义风格明显消退，而象征主义风格开始出现。

1931年，希梅内斯被医生告知妻子得了恶性肿瘤，只剩下一年的寿命。希梅内斯决心向妻子隐瞒这一事实，并以每天创作一个喜剧故事的方式逗她开心。就在他以为自己的努力初见成效时，妻子因病情加重再次入院。这首《破碎之心》大致就写于那一时期（1932年）。此时，诗人正由于不得不短暂地、抑或是长久地与妻子分开而感到哀伤。而正因为此，这首诗写出了一种无措、失据之感。开篇，诗人觉得自己"空虚的心灵已被永久铸成"；结尾，"在玫瑰花丛""一如往常"出现了恋人的"笑容"，诗人原本宁静的内心不由自主地"再次坠落片片凋零"。未见到对方时内心的平静，与见到对方后内心的纷乱，形成了鲜明的对比。尽管见到对方嫣然一笑，却依然觉得"伤情"，凡此种种，都透露出诗人在欢乐之下难以掩盖的哀伤。而这种哀伤正是爱的标志。

破碎之心　胡安·拉蒙·希梅内斯

你我的爱情

你我的爱情，静谧晶莹

如空气稀薄，流水澄清。

天水之上，月色清明

流徊其间，淙淙穿行。

赏析

这首极为著名的情诗,非常恰当地表现出象征主义之后的希梅内斯诗作风格。这一风格,希梅内斯将其称为"纯粹诗歌",亦即二十世纪西方诗学中的"纯诗"。既然是纯粹的诗歌,那就要用词干净,避免花哨和奇异;主题也要纯粹,显现出文字本来的样子。纯诗,是诗人为自己举行的某种神圣仪式,诗歌被推向了神坛。它的形式愈发简单,主题愈发抽象,甚至带有神秘主义的色彩。

这首不长的诗,就有很明显的这种味道。它写的是"你我的爱情",可它又是一种很奇妙的感触,"静谧晶莹"。诗人用极富视觉与触觉美感的意象来形容,"如空气稀薄,流水澄清"。如果仅止步于此,这首诗至多只是美。而诗人创造性地把这一意象抛掷于宏大的宇宙之中,关联起了两个文艺史上常见的书写对象——"天水"和"月色"。这就把本来只是个体的感受给无限地空间化了,仿佛整个宇宙都是你与我之间的爱情。这样的爱情,无疑伟大,同时又极具私密性,宛若呢喃燕语,竟如耳鬓厮磨。不得不说,希梅内斯是真正懂得爱情的,懂得那种至深至诚的爱情的。

1956年,在诺贝尔文学奖公布授予希梅内斯之后的第三天,妻子塞诺薇亚死于癌症。这对希梅内斯来说,是一个巨大的打击,他不但缺席了诺贝尔文学奖的颁奖仪式,更是长久未能从悲痛中复原。两年后,希梅内斯也去世了。

爱很短
遗忘很长

[智] 巴勃罗·聂鲁达

Pablo Neruda

《我们甚至遗失了暮色》《今夜我可以写》《我喜欢你是寂静的》

我们甚至遗失了暮色

我们甚至遗失了暮色。

没有人看见我们今晚手牵手

而蓝色的夜落在世上。

我从窗口看到

远处山巅日落的盛会。

有时一片太阳

像硬币在我手中燃烧。

我记得你,我的心灵攥在

你熟知的悲伤里。

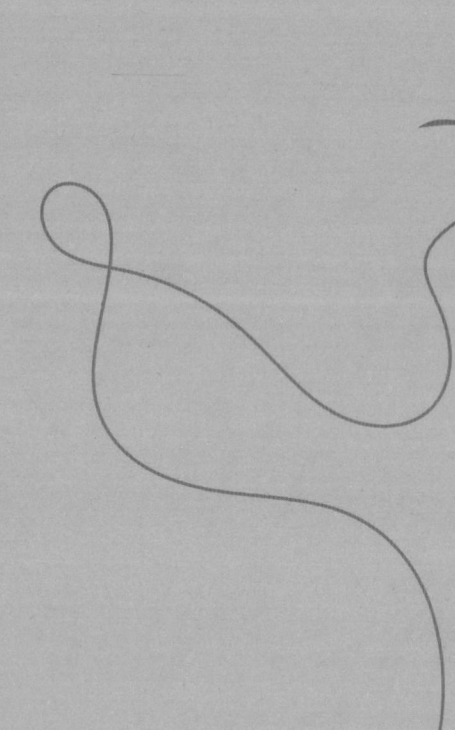

你那时在哪里?

还有谁在?

说了什么?

为什么整个爱情突然降临

正当我悲伤,感到你在远方?

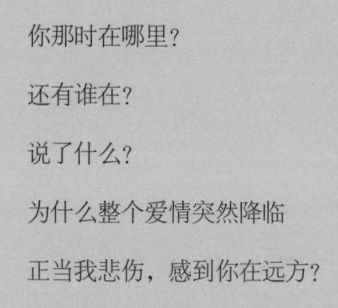

摔落了总在暮色中摊开的书本

我的披肩卷在脚边,像只受伤的狗。

永远,永远,你退入夜晚

向着暮色抹去雕像的地方。

我们甚至遗失了暮色　巴勃罗·聂鲁达

赏析

聂鲁达（1904—1971年）是智利诗人，也是政治家，还曾被智利共产党提名为总统候选人。他的诗歌基本只围绕两个主题：政治与爱情。而其早期的爱情诗集《二十首情诗和一支绝望的歌》，被公认为是他的代表作。这首诗正选自其中。

诗集的创作灵感主要源于聂鲁达的两次爱情经历，由于诗集中的二十一首诗都没有名字，由此便都以每首诗的第一句为题名。《我们甚至遗失了暮色》的诗名，把整首诗的意境烘托出来。那是傍晚时分，诗人正在暮色中，独坐窗边，手捧摊开的书本，望向远处山巅的夕阳余晖。他想起了她。"你那时在哪里？还有谁在？说了什么？"他或许记得清清楚楚，或许全然忘记了。可是，那还未说出口就无疾而终的爱情，迄今仍让诗人"正当我悲伤，感到你在远方"。

回忆开始沸腾,摊开的书本不由得摔落在地,披肩也蜷缩在诗人的脚边,像一只受伤的小狗。那个记忆中的女孩,走向暮色,化作暮色,带走了诗人眼前的一切……于是,我们开始怀疑整首诗的开篇,那对在蓝色的夜中,"手牵手"的情侣,是否真的存在?暮色已经被遗失了,它本不该被遗失的。可是,为了夜里才有的爱情,暮色就算被遗失了,也无所谓。总是如此,她总是与暮色一起消失。这首诗中那种悠长而恬淡的忧伤和深沉真挚的爱恋之情,让每一个有过暗恋体验的人,都难免为之心动。祝福暮色,也愿你忘了暮色,迎来双向奔赴。

我们甚至遗失了暮色　巴勃罗·聂鲁达

今夜我可以写

今夜我可以写出最悲伤的诗行。
我可以写,譬如:"夜空银汉灿烂,
蓝色的星子在远方打着寒战。"
晚风在空中回旋、歌唱。

今夜我可以写出最悲伤的诗行。
我爱她,她有时也爱我。
在那些如此一般的良夜,我曾拥她入怀。
无尽的夜空下,我千万遍地吻她。

她爱我,有时我或许也爱着她。
怎能不爱她沉静的眼眸。

今夜我可以写出最悲伤的诗行。

想到我并未拥有她。感觉我已失去她。

听到夜晚的广阔无垠,

广阔无垠,是因为没有她。

诗行落入灵魂,如露水落在牧草上。

我的爱没能将她留住,又有何妨。

夜空繁星闪耀,而她不在身旁。

就是这样了。远方有人在歌唱。歌唱,在远方。

失去了她,我的灵魂充满彷徨。

仿佛我的眼神将她追寻，想要靠近。

我的心也将她寻找，而她不在身旁。

同样的夜晚，为同样的树木披上银装，

如今的我们，却再不复当年的模样。

我已不再爱她，是的。但是我曾经是多么爱她啊，

我的声音乘着风，只为抵达她的耳旁。

另一个人，她即将属于另一个人。一如从前接受我的吻。

她的音容笑貌，她纯洁的身体，她深邃的眼眸。

我不再爱她,毋庸置疑,但似乎还是爱着她。

爱很短,遗忘很长。

因为那些如此一般的良夜,我曾拥她入怀,
失去她,叫我心怅神惘。

即使这是她带给我的,最后的心伤,
而这些是我写给她的,最后的诗行。

今夜我可以写　巴勃罗·聂鲁达

赏析

  这是一首失恋的赞歌,它深切地说明了爱情的意义,不只在于甜蜜之中,也在于痛苦之巅。失恋的那一晚,谁都可以写出最哀伤的诗句。而聂鲁达为我们写了,你只需诵读,便可理解与抵达他的痛楚,包括那些遗憾、怨恨与倾诉。

  诗的开篇,除却第一句直抒胸臆外,宛如中国古词,先言他物。何者是他物?"我可以写,譬如:'夜空银汉灿烂,蓝色的星子在远方打着寒战。'晚风在空中回旋、歌唱。"这是诗人在诗中写诗,是后设的诗,是关于诗的诗,是"元诗"。然而,景色固然重要,可更重要的是人,是关于人的回忆——是"在那些如此一般的良夜,我曾拥她入怀",是"我爱她,她有时也爱我"。"就是这样了"。

诗人老练地在现实与回忆中切换:"远方有人在歌唱。歌唱,在远方。失去了她,我的灵魂充满彷徨""同样的夜晚,为同样的树木披上银装",痛楚的感受与"诗行落入灵魂,如露水落在牧草上"。口语般的表达,痛彻心扉又深入读者之心,与他们共鸣:"属于另一个人"——唇、声音、身体和眼睛。正因为"那些如此一般的良夜,我曾拥她入怀",如今"失去她,叫我心怅神惘"。

在聂鲁达的大白话之中,暗藏着一句千古名言——"爱很短,遗忘很长。"它刺中了无数先动情的人的心:"这是她带给我的,最后的心伤,而这些是我写给她的,最后的诗行。"希梅内斯并不十分欣赏聂鲁达的诗,说他"缺乏顺理成章的组织才能,而且也没有精确的词汇"。批评有道理,可诗不讲道理。

我喜欢你是寂静的

我喜欢你是寂静的,如同你消失了一样,
你从远处听到我,而我的声音却没有触及你。
如同双眼飞离而去,
如同一个轻吻,封缄了你的双唇。

如同所有的事物占据我的灵魂,
你从其中浮现,将它填满。
你就像我的灵魂,一只梦的蝴蝶,
你就像"忧郁"这个词。

我喜欢你是寂静的，如同你在远方一样。

你像一只蝴蝶，在喁喁私语中哀叹。

你从远处听到我，而我的声音却无法触及你：

你用沉默，留我一人安静无声。

我用沉默与你对话，

如明灯一般清晰，如指环一般简单。

你像夜晚，拥有寂寞与群星。

你的沉默是星，遥远而纯净。

我喜欢你是寂静的，仿佛你消失了一样。

遥远、悲伤，仿佛你已死去。

彼时，一句话语，一个微笑，便已足够。

我庆幸，为这不是真的而庆幸。

我喜欢你是寂静的 巴勃罗·聂鲁达

赏析

聂鲁达的一生充满了喧嚣。他是政治家,也是外交官,他四处演说,遭遇通缉,流亡海外,居所被毁,他把自己深切地投入二十世纪的混乱之中,投入对和平的呼唤与捍卫之中。可是,他希望自己的爱恋对象,是寂静的。

现实中，无论古今，多数人的一生，都是喧闹的，有车水马龙，有人声鼎沸，有坊间八卦，有不平则鸣。可是，爱情不该如此。它要像梦一样，在寂静的夜里缓慢地生长。正因为它美得不真实，才吸引人。诗人对爱情、爱人的想象，都是如此。这种想象转化为各种象征，如蝴蝶、灯、指环、群星，使寂静衍生出忧郁、悲叹、明亮、遥远、哀伤等性质。其中，最为突出的是"死"。唯有"死"，才能实现真正的寂静。而诗人说，面对"仿佛你已死去"，"我庆幸"。这种异于常理的抒发，恰说明诗人在诗中所写的并非真正的爱情，而是一种想象，一种基于现实（切近）之不满的想象（遥远）。这种想象为我们打开了理解爱的一扇新大门——爱情不该是现实的，它应该是现实的反面，至少是其补充。

我喜欢你是寂静的　巴勃罗·聂鲁达

世界空空如寂　万物冷若冰霜　当我心中有此感受　爱情便随之消亡

[德] 赫尔曼·黑塞

Hermann Hesse

《日子沉重冗长》

日子沉重冗长

日子沉重冗长,

火焰不再映照温暖的光芒,

太阳不再展露微笑面庞。

世界空空如寂,

万物冷若冰霜。

就连可爱的星星,

都用无情的眼神把我凝望。

——当我心中有此感受,

爱情便随之消亡。

赏析

赫尔曼·黑塞（1877—1962年）被誉为"德国浪漫派的最后一位骑士"，而这是一首浪漫的失恋诗。黑塞一生有过三次婚恋，而前两次看似刻骨铭心的婚姻，最终都以失败告终。可以说，黑塞对失恋的感受是深刻的，也是深沉的。这位一生漂泊、孤独、隐逸的诗人，终身相信爱情，而"爱情也会消亡"近乎是对他信仰的摧毁。因此，日子变得沉重、寒冷，失去了悲悯的世界，连星星都是绝望的。

这首诗有两处诗眼：一是开篇，"日子沉重冗长"。日子有重量吗？不难熬的时光，都是轻快的，没有人觉得它沉重。唯有失恋，使得度日如年。二是结尾，"爱情便随之消亡"。这处诗眼，将全诗的情感从开篇的奇幻，推到了一个看似荒谬的境地：爱情怎么可能不会消亡？爱情当然会消亡。可是，沉浸于其中的人啊，从未想过"爱情便随之消亡"。黑塞用身体感受（沉重）作为想象，将触感与视觉化为爱情而写下这首诗。他想说明的是——爱情就是好日子，就是火、笑脸，就是有（与"空"相对），就是悲悯，就是温暖，就是可爱，就是星星，就是希望。

黑塞也写小说，但他看重的是自己的诗。1946年，黑塞获诺贝尔文学奖。1962年，他在瑞士病逝。他给自己写的墓志铭是："这里安息着抒情诗人H.H.。"作为诗人，他虽未获得承认，可是，作为消遣作家，他却被估价过高。

对你的思念 比宇宙之境还要浩荡

[德] 卡尔·海因里希·马克思

Karl Heinrich Marx

《思念》

思念

燕妮啊,纵使天翻地转,

天空、太阳也不及你的明亮。

哪管世人误解非议,

拥有你的爱,便是我的天堂。

对你的思念,比宇宙之境还要浩荡,

它比永久更加永久,

它比漫长还要漫长。

悸动之心席卷如海洋,

思念之情奔涌复往。

你在我心中,

似天造地设,

教我永远铭刻心上。

你是思念。但思念一词

也无法诉尽的我的热肠,

不如说:思念如火,热烈辉煌,

在我心中永久激荡。

思念 卡尔·海因里希·马克思

赏析

革命家往往有强烈于常人百倍的荷尔蒙、多巴胺需要挥发,而写作于他们是一种激情四射的挥洒。马克思(1818—1883年)在柏林大学读书时,写给燕妮的情诗不只鼓舞了燕妮,更鼓舞了一百多年来为爱而前赴后继的情侣们。他的诗用语猛烈,意象突出,真挚而炽热,仿佛是革命的浪潮在爱情的圣域中一次次操演。

燕妮比马克思大四岁,贵族出身,一开始对马克思的求爱是拒绝的,还在回信中玩了个文字游戏,将德语"Ich liebe dich(我爱你)"颠倒词序,改为"Ichhabe dich lieb(你真逗)",显现出足够聪慧的幽默。可是,此后的短短几个月中,极富才华的马克思就拼命写作,为燕妮量身打造了三本情诗集——《爱之书》(一、二)和《歌之书》,近乎疯狂的攻势,让二十二岁的她瞒着家人与十八岁的他,偷偷订婚。门不当户不对的异地恋、姐弟恋,最终被记入爱情的青史。

论艺术性，马克思写给燕妮的诗都谈不上有多好，他胜就胜在强烈的情感促发出挥洒的想象，以及数量上的压倒性——"宇宙之境""席卷如海洋""奔涌复往""天造地设""教我永远铭刻心上""思念如火，热烈辉煌"，这些用词都远远超过日常的语量。它们像浪潮一般席卷，换得燕妮同样充满诗意，甚至更胜一筹的回应："我甚至想象，如果你失去了右手，我便可以成为你必不可少的人。那时，我便能记录下你全部可爱的绝妙的思想，成为一个真正对你有用的人。"

马克思与燕妮的爱情传诵甚广，毋庸多言。而马克思写给燕妮的诗，也高度吻合十八九岁青年的心。它们是革命者的呼唤，也用长达三十八年的婚姻和燕妮对马克思无与伦比的支持得到了证明：瑕不掩瑜的爱情，是真实存在的。

我使用的词典啊 正是我爱人的面庞

[德] 海因里希·海涅

Heinrich Heine

《群星一动不动》《罗蕾莱》

群星一动不动

群星一动不动,
静静高悬夜空。
时间长河里遥遥相望,
心中满怀爱的伤痛。

它们的语言,
幽美充实,韵味悠长。
却没有一个语言学家,
能译出它心底的诗行。

然而我学会了它,
并将永不遗忘。
因为我使用的词典啊,
正是我爱人的面庞。

赏析

　　海涅（1797—1856年）被称为"德国古典文学的最后一位代表"。他生于一个犹太商人家庭，受法国资产阶级革命思想和马克思主义的影响极深，从文学跃进至政治运动，是当时文坛的一面旗帜。1816年，十九岁的海涅去跟叔父学习经商，爱上了堂妹阿玛丽，开始写抒情诗。而这首作于1822年的诗，就是为其所写。不过，此时诗人的爱已遭到冷遇——阿玛丽在1821年8月嫁给了一位乡绅地主。

　　诗写得极为大气，毫无浪漫主义的顾影自怜，而是将天地万物与自我感受，尤其是与"爱人的面庞"关联起来。诗人把爱情当作理解世界的入手处和基本规则（"语法"），把星星看作是说着一种"幽美充实，韵味悠长"的语言的爱人。星星"心中满怀爱的痛伤"，"时间长河里遥遥相望，心中满怀爱的痛伤"。它们既象征着诗人可望而不可及的爱人，隐喻着诗人那不可实现的爱情，还代表着彼此相爱的誓约、只有相爱着才能解读的语言，等等。而它们"一动不动"，恰如失恋的诗人的心，惆怅而哀婉。这种带有深沉情感的比喻，使这首诗从情诗变为了哲理诗，甚至带有一种中国哲学特有的"天人合一"之魅力。

罗蕾莱

不知何故,

我是如此悲伤。

一个旧日的故事

萦回脑海,思之不忘。

微风抖峭,暮色苍茫,

莱茵河水静静流淌。

岩石在西天的残霞中,

映得熠熠发光。

有位姑娘坐在石上,

倾国倾城,艳胜群芳。

她有一头金色的秀发,

黄金的首饰闪闪发亮。

她一边梳着长发,

一边把优美的歌儿轻唱。

那歌声婉转而又悠扬,

有着夺人心魄的力量。

那船上有位少年,

心有彷徨、沉醉神往。

他忘却了前方的急流暗礁,

痴痴将那姑娘遥望。

狂暴的风浪无情,

带走了痴情的少年郎。

而罗蕾莱动人的歌声,

却依然在海上飘荡⋯⋯

罗蕾莱 海因里希·海涅

赏析

　　罗蕾莱是德国莱茵河畔一块一百多米高的礁石，而传说居住在莱茵河里的女妖，都叫罗蕾莱。这些会唱歌的女妖，夜晚出来坐在那块礁石之上，遥望往来的船只，用销魂的曲调引诱水手意乱情迷，直到船在罗蕾莱礁上撞得粉碎，他们也葬身鱼腹。这个传说引发了不少德国诗人的雅兴，写下了诸多以此为题的诗篇。

　　海涅的这首诗妙就妙在"忧伤"。一个古老的故事，讲述的是永恒的女性之光。它危险又充满诱惑力，既有"倾国倾城"的金发少女，又有曼妙的歌声，是艺术的气息。最终，故事以悲剧收场，"忧伤"从古至今，没有绝断。爱情注定是悲剧，就算它持续一生，也终将因为相爱的人要分别走向人生的结局而破功。但是，爱情又永恒地吸引世人，就像那女妖一样。船夫满怀忧伤，"忘却了前方的急流暗礁，痴痴将那姑娘遥望"。其实，他只在仰望的那一刻，成为他自己。

这首诗的意象很清晰，内涵又极为丰富，可以解读出爱情与死亡的关系、女性对男性的引诱、危险与诱惑的相伴、艺术与肉欲的交错……它被许多作曲家谱成乐曲，四处传唱。中文版《罗蕾莱之歌》的歌词，经由中国台湾词作家周学普的重写，蔡琴演唱，让"忧伤"中夹带一点明快，颇有感染力。海涅的情诗，大多以通俗的用词和直接的用语表达情感。众人传唱至今的，还有《乘着歌声的翅膀》。

罗蕾莱　海因里希·海涅

愿上帝保佑 有一个人也能如我般爱你

[俄]亚历山大·谢尔盖耶维奇·普希金

Александр Сергеевич Пушкин

《致凯恩》《我曾爱过你》

致凯恩

我记得那美妙的一瞬,

在我的面前出现了你,

有如昙花一现的幻影,

有如纯洁之美的精灵。

当我忍受那绝望的忧愁,

当我饱尝那喧嚣的虚幻,

耳边回荡起你温柔的声音,

睡梦中再见你可爱的面容。

多年过去,时光匆匆,

昔日的梦幻消散于狂烈的激情,

于是我忘记你温柔的声音,

和你那精灵般的倩影。

困禁在荒凉幽暗之中,

我的岁月消逝于无声,

没有神往,没有灵感,

没有眼泪,没有生命,

也没有爱情。

如今灵魂已开始觉醒,

于是我的面前又出现了你,

有如昙花一现的幻影,

有如纯洁之美的精灵。

我的心狂喜地跳跃,

只因一切又重新苏醒,

有了神往,有了灵感,

有了生命,有了眼泪,

也有了爱情。

致凯恩　亚历山大·谢尔盖耶维奇·普希金

赏析

普希金（1799—1837年）被称为"俄国诗歌的太阳"，而他的一生与爱情的关系极为密切，甚至可以说他就是人类理想爱情的化身。他的爱情诗高雅、纯正，这首《致凯恩》就是范例。这是诗人写给出身贵族家庭、美貌绝伦的女友安娜·彼得罗夫娜·凯恩的，二人于1819年在奥列宁（凯恩姑父）家的晚会上初次相遇。

普希金对凯恩一见钟情，诗的第一句即是回忆这次相遇。许多年过去，普希金从南方流放至北方，生活孤独苦闷,直到再次遇见凯恩。普希金说,她是"纯洁至美的天仙",是他崇拜的神明、灵感的源泉、痛苦的诱因和生命的动力。而真正的爱情就是如此,它让生活、生命变得灵动起来、活起来。美是爱唯一的理由,正是因为普希金眼中的"美"已经超越了私人层面,这首诗也由此而成为普世爱情的典范,成为人类对爱与美的赞歌。在诗中,你可以读到无爱的枯燥与有爱的狂喜。"生命""眼泪""爱情",这恰是某个人曾活过的系列证明。

致凯恩 亚历山大·谢尔盖耶维奇·普希金

我曾爱过你

我曾爱过你,也许,

这爱情的火焰仍没有在我心中熄灭;

可是,别让爱情再去扰乱你的内心,

我不愿再使你悲伤难过。

我被嫉妒折磨,又被羞怯暗伤,

我是那样真诚而温柔地爱过你,

愿上帝保佑,有一个人也能如我般爱你。

赏析

　　这是一首告别诗，更是一首深沉的表白诗。诗人爱情的高贵，在告别中显现出来。他是一个独立的爱情的个体，他"真诚而温柔"又"羞怯"地爱着对方，忍受着爱情的折磨，但他爱得毫不卑微。至爱情无望地步入尽头，他慢慢地、优雅地转身离开。他不愿这份爱再打扰对方，不指望这份爱能得到回应；他出于爱而祝福对方，真心希望对方获得的爱总是真诚、温柔的。

　　这首诗的字里行间有忧郁和苦闷，但它没有一丝蝇营狗苟的低劣，反而显得高贵又真诚。或许，这也是尽管普希金恋爱经历丰富，不少人指责他轻浮、用情不专，但没有人会怀疑他对爱情的真挚、热烈和坦诚的原因。因为，在真诚面前，爱情的伟大倍加凸显。

我想和你一起生活在某个乡村 一起看尽那永恒的暮色

[苏联] 玛琳娜·伊万诺夫娜·茨维塔耶娃

Марина Ивановна Цветаева

《我想和你一起生活,在某个乡村》

我想和你一起生活,在某个乡村

我想和你一起生活,在某个乡村,

一起看尽那永恒的暮色,

分享连绵无尽的钟鸣。

乡村的客栈里,

古钟滴滴答答,

敲打着时间如水滴。

有时,有人在黄昏中的楼顶吹笛,

倚着窗口,大朵大朵的郁金香绽放,

——此刻你若不爱我,我也不会在意。

房间的火炉，每片瓷砖上都铸着小画：

一朵玫瑰，一颗心，一艘帆船。

从唯一的窗口望去，

白雪纷飞。

你以我喜欢的姿势卧于身旁，

慵懒、淡然、还带有些冷漠，

却撒谎说爱我。

你手中的火柴不时传来摩擦声，

香烟燃起，又慢慢熄弱。

边缘的烟灰颤抖着、颤抖着，

烟蒂短小灰白，

你却懒于掸落。

香烟飞舞，

最终在火炉中隐没。

我想和你一起生活，在某个乡村 玛琳娜·伊万诺夫娜·茨维塔耶娃

赏析

茨维塔耶娃（1892—1941年）是二十世纪俄罗斯最伟大的诗人之一。她六岁开始写诗，十七岁出版第一本诗集。后来，由于战乱，她流亡欧洲，1939年回国，1941年自杀。她的一生都与诗有关，也与爱情有关。可以说，她一生都在追求爱情，也善于表达爱情。她交往过很多优秀的男性，包括里尔克、帕斯捷尔纳克、巴赫拉赫等世界级名人，可是，她依然感到孤独。在那个动荡的时代，她的理想就是与某人"一起生活在某个乡村"，"共享永恒的暮色/和连绵无尽的钟鸣"。

这个理想十分遥远，不仅是因为时局不安，更因为茨维塔耶娃的爱情本身就带有诗人易动情的特征。可正因为它遥远，更显得其真诚，甚至可以因为某种生活本身的真诚——"吹笛者倚着窗口／大朵大朵的郁金香绽放"，爱情也暂时不重要了。重要的是，两个人始终在一起，特别是要在寒冷的冬天里，在"白雪纷飞"之中，在温暖的充满美感的"瓷砖砌成的火炉"边，慢慢变老，老到火柴要划两回，边缘的烟灰一直颤抖，甚至老到"烟蒂短小灰白，你却懒于掸落"。在这首诗中，"某个乡村"是一个与世无争的空间象征，也是一对相爱的人不易被外界打扰的所在。它永恒不变，如如不动，就好像是那些书上写的"真爱"一般。

若你能属于我 就算整个世界 也无法再换得我的微笑

[匈] 裴多菲·山陀尔

Petőfi Sándor

《自由与爱情》《这个世界这样大》《我愿成为急流》《你爱的是春天》

自由与爱情

生命诚可贵,
爱情价更高。
若为自由故,
二者皆可抛。

赏析

裴多菲（1823—1849年）是匈牙利的爱国诗人和英雄，也是匈牙利民族文学的奠基人，是革命民主主义者和爱国主义战士。他被誉为"匈牙利自由的第一个吼声"。在他诸多革命诗作中，流传最广的是这首箴言诗《自由与爱情》。

他说："爱情是我写诗的源泉。"确然，从他与妻子森德莱·尤丽亚相识到战死的两年多时间里，他为她写了一百零二首爱情诗。这些爱情诗中，最出名的也是这一首《自由与爱情》。那时候，欧洲大地风起云涌，人民起义的革命洪流滚滚，裴多菲对爱情和自由的追求，自此为世人所熟知。在这首诗中，诗人对生命、爱情、自由这三者做了排序：生命是人的生存支点，而爱情比之更加宝贵，人可以为了爱情，牺牲最宝贵的生命；但倘若是为了追求自由，生命和爱情则都可以抛诸脑后。这是裴多菲革命意志和献身精神的真实写照，诗人验证了他在诗中所写的，为自由而战，为民族解放而不惜生命——在民族危难时刻，他参与了匈牙利的武装起义，最终在瑟克什堡大血战时同沙俄军队作战而牺牲，年仅二十六岁。

这个世界这样大

这个世界这样大,

我亲爱的你却那样小;

若你能属于我,

就算整个世界,也无法再换得我的微笑!

你是太阳,而我是暗夜,

我的黑暗无边而广袤;

倘若你我能够心意相通,

灿烂的阳光便在我天空照耀!

请你垂下双眼——

否则我的灵魂会被你灼热的目光燃烧!

但是,你既不爱我,

那就让我黯然销魂,终于寂寥。

赏析

这是一首求爱诗。西方的求爱诗，极好地凸显了女性的伟大，以及女性对男子的引领作用。世界那么大，而爱人足以抵过所有。这是所有拥有爱情的人，都会产生的感受。这一感受由裴多菲口中说出，愈发显得诚挚、动人。

对于恋爱中的男子来说，理想的女性就是永恒的太阳。这一比喻不但巧妙，而且极好地说明了爱情对于诗人来说的意义：它就是全部的光亮的来源。而一旦太阳与黑夜重合，黎明就将到来，"灿烂的阳光便在我天空照耀"。

诗人驱笔向前，不只是黎明，更要紧的是太阳本身。太阳是何等耀眼，而黑夜又哪堪她的直视。诗歌进入了结语，这一结语从前面高昂的情感中骤然而下："但是，你既不爱我，那就让我黯然销魂，终于寂寥"。这是倍加决绝的爱，是彻底的爱，是只求成功的真挚的爱。它不是轻描淡写的"萍聚"，而是一生唯有的铭刻。没有爱的灵魂是何等可怜，而可怜的灵魂并没有活下去的必要。没有爱，就没有活的灵魂。这是全诗的诗眼，也是全诗情感在骤压之下迸发的高潮。

我愿成为急流

我愿成为急流，

穿山而过的河，

抚过崎岖山路上的岩石。

只要我的爱人，

成为一尾小鱼，

在我的怀抱中，

快乐地游来舞去。

我愿成为荒林，

矗立在溪流的两岸，

顽强地抵御呼啸疾风。

只要我的爱人，

成为一只小鸟，

在我的怀中鸣叫，

在我茂盛的枝杈间筑巢。

我愿成为废墟，

在又高又陡的山岩上，

这沉默的毁灭并不使我沮丧。

只要我的爱人，

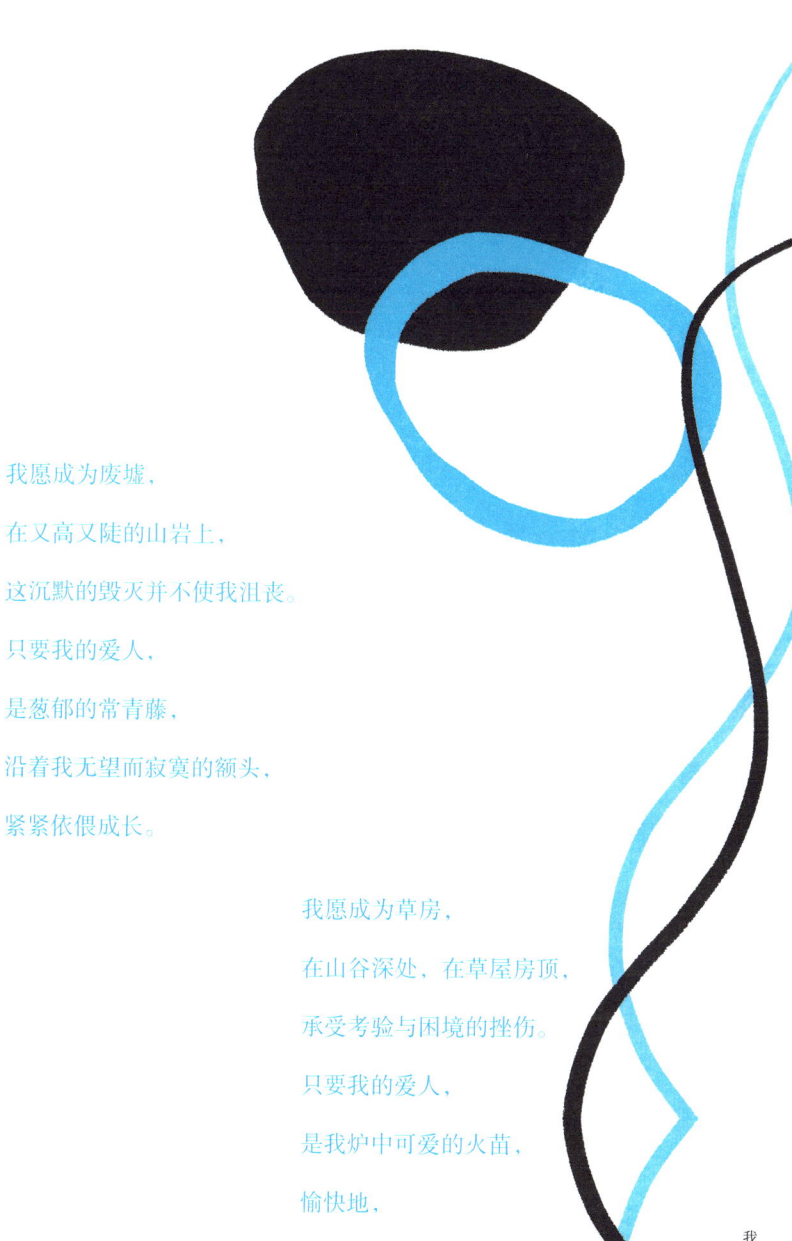

是葱郁的常青藤，

沿着我无望而寂寞的额头，

紧紧依偎成长。

我愿成为草房，

在山谷深处，在草屋房顶，

承受考验与困境的挫伤。

只要我的爱人，

是我炉中可爱的火苗，

愉快地，

缓缓摇曳悠荡。

我愿成为急流   裴多菲·山陀尔

我愿成为云朵,

是被打破的灰色旗帜,

在广阔的天空中懒散地飘荡。

只要我的爱人,

是珊瑚般的夕阳,

靠近我苍白的脸,

映照出最绚烂的辉煌。

赏析

1846年9月,二十三岁的裴多菲在舞会上对伊尔诺茨伯爵的女儿森德莱·尤丽亚一见倾心。但伯爵不肯把女儿嫁给他这样的流浪诗人。可是,裴多菲用诗做心声,一首又一首地向尤丽亚表白。两人终于在1847年9月结婚。

这首诗写于1847年6月,正是他们的热恋期。裴多菲用意象化的语言,充分表达对爱人的爱恋。诗中的几组诗句均以"我愿成为""只要我的爱人"形式来加以结构,显现出某种"重章复句"的民歌属性。诗人把自己比作是"急流""荒林""废墟""草房""云朵"——这些都是荒凉孤寂的形象,而他把爱人比作是"小鱼""小鸟""常青藤""火苗""夕阳"等美好温暖的形象,形成了鲜明的对比。在这一系列任思绪飘扬、肆意挥洒才华的文辞对比中,诗人对爱情坚定不移的渴望与向往就显现了出来:即便要经历崎岖山路、狂风恶战、如废墟般毁灭等艰难曲折,只要同爱人在一起,就总是能化险为夷,获得幸福和美好。

你爱的是春天

你爱的是春天,
而我钟情秋季。
我正像那秋天啊,
而春天正像是你。

　　　　　你粉红的脸颊,
　　　　　像春天的玫瑰。
　　　　　我疲惫的双眼,
　　　　　像秋日的余晖。

若我向前走一点,

再走一点点,

那么我将站在

严寒料峭的冬天。

然而,如果我回头转身,

而你一步上前,

那么我们将一起迎来

美丽而炽热的夏天。

你爱的是春天　裴多菲·山陀尔

赏析

　　这首诗写于1846年10月,即裴多菲向森德莱·尤丽亚求婚的初期。它轻快、俏皮,又充满人生的哲理。表面看,它讲的正是二十三岁的裴多菲与伯爵的女儿森德莱·尤丽亚的爱情,因双方家世、背景悬殊,一度遭遇尤丽亚父母的反对,而好在森德莱·尤丽亚冲破家庭束缚,"跳一步向前",最终实现了两人"一同迎来／美丽而炽热的夏天"。

这首诗用一年四季作比喻，以阳光明媚的美好春天赞美恋人，以萧索孤寂的秋天描述自己内心的愁绪，凄冷的冬日则是失恋的象征，而美丽热烈的夏天是诗人向往的爱情如愿的标志。诗中虽透露出诗人一丝焦虑与苦闷的心绪，但与爱人结合的强烈渴望也力透纸背，他用"跳一步向前"来激励爱人，勇敢冲破羁绊。其实道理很简单：在爱情中，每对情侣都难免历经挫折与磨难，而爱情中的一方独自面对这一切，就仿佛跌落进寒冷孤寂的冬天；但若相恋的两个人能够一起携手勇敢面对，不为挫折与磨难所动，便会收获像夏天一般炽热而美好的爱情。所谓"相爱"，就是相互之爱，以网络用语形容，则是令人期待的"双向奔赴"。

她不在我身边 是她予我的另一种陪伴

[葡] 费尔南多·佩索阿

Fernando Pessoa

《爱是陪伴》《我的爱情,不教我黯然神伤》

爱是陪伴

爱是陪伴。

我不知,是否还能独自前行,

因为我已不能孤身一人。

唯有我的灵魂,可以将我带向远方。

我见之愈少,感悟愈深。

她不在我身边,是她予我的另一种陪伴。

我爱她太深,竟不知如何去爱。

当她不在身旁,我以想象注视着她,我的内心坚定如木。

她在身旁,我却颤抖不已,此前的坚定灰飞烟灭。

我所拥有的,即是我所舍弃的。

世间万物之于我,如向日葵,拥有突兀的面容,和圆润的脸庞。

爱是陪伴 费尔南多·佩索阿

赏析

佩索阿（1888—1935年）是一位奇特的葡萄牙诗人、作家。他是葡萄牙后期象征主义的代表人物，可生前寂寞，死后轰动。他的父亲早逝，母亲改嫁葡萄牙驻南非领事，佩索阿的小学、中学和商业学校教育都在南非经历。1905年，回到里斯本后，也考上过里斯本大学文学院，但以退学告终。他的一生平淡无奇，除了偶尔去图书馆读读古希腊和德国哲学，常以英语写作外，他既没有什么事业心，也没有去过任何其他地方，大部分时间都在里斯本的几条大街上度过。他在几家贸易公司做翻译，是很普通的文员。他才华横溢，但不愿承担什么责任，只爱写作。

不到二十岁时，佩索阿就选择了这样的生活方式，终生没有改变。他坦陈自己是一个失败者，可在布鲁姆《西方正典》中选录专论的西葡语系作者只有三位：博尔赫兹、聂鲁达和佩索阿。布鲁姆说，佩索阿"在幻想创作上超过了博尔赫兹的所有作品"。佩索阿只恋爱过一次，恋爱的对象是他所在公司的打字员。他们谈了两次恋爱，每次时间都只有几个月，但中间相隔了九年。与其说陪伴佩索阿的是真实的奥菲丽娅，不如说是他想象出来的那位女孩——"她不在我身边 / 是她予我的另一种陪伴"；尽管，他也知道，真实的陪伴有着巨大的爱的属性，"她在身旁，我却颤抖不已，此前的坚定灰飞烟灭"，但他无法改变自己属于幻想与文学的生活方式。他惧怕结婚，也因此最终没有与所爱的人走到一起。他在给奥菲丽娅的信中说："我真的非常非常喜欢你，非常非常欣赏你的脾气和性格。如果我结婚，非你不娶。不过……如果婚姻对我的写作而言是一种妨碍，那么我肯定不会结婚。不过，也许不是这样。未来……会告诉我们答案。"

在这首诗中，佩索阿要的文学性可能是最后一句"世间万物之于我，如向日葵，拥有突兀的面容，和圆润的脸庞"，因为它逸出了日常用语，更符合象征主义的诉求。可纵使如此，开篇的"爱是陪伴"，依然击中了这世间近乎所有相爱之人的心。

我的爱情,不教我黯然神伤

我的爱情,不教我黯然神伤,

静默地守候在这远方。

                我的思绪,教我心神荡漾,

                追随你的渴望,

                教我失去自我,

                并把我带到爱人身旁。

长夜漫漫,睡眠亦是一种向往,

等待清晨与她相见,

爱情再次降临我的心房。

我的爱情,不教我黯然神伤 费尔南多·佩索阿

赏析

佩索阿在把玩着爱情,而奥菲丽娅则以日常之爱,以结婚生子、白头偕老的结局来对待他,二者方枘圆凿。在两段短暂的恋爱中,佩索阿给奥菲丽娅写了五十一封情书,措辞剀切,而奥菲丽娅的回信竟多达二百三十封。佩索阿曾说过,有三种情感可以催生出伟大的诗作:强烈却短暂的情感,过去了很久可记忆中依然强烈的情感,以及虚假的情感——"也就是通过智慧感受到的情感",他说。在多大程度上,佩索阿对奥菲丽娅的感情是"通过智慧感受到的"呢?

这种智慧与爱情的混合体，不肯让诗人"黯然神伤"，而是叫他"心神荡漾"。那是1919年9月，佩索阿刚过而立之年，十九岁的奥菲丽娅到他担任文员的公司里来应聘打字员。她家境好，又受宠，本无须工作，但她热情、聪明，希望来见识一下社会。佩索阿对她一见倾心。1920年1月22日，快下班时，佩索阿递给她一张字条："请留下。"当人们都下班离开办公室时，忽然停电了。佩索阿手持油灯，来到奥菲丽娅面前，朗诵着哈姆雷特的台词，向奥菲丽娅表白，把姑娘吓得转身就走。而佩索阿把她送至门口时，一如情场老手般突然揽住她的腰，在她的脸上狂吻。那日之后，佩索阿又平静自若上班，好像什么事都没有发生过一样。2月28日，奥菲丽娅再也无法忍受，写信要求解释。佩索阿的回信，使两人的恋爱正式开始了。可是，直至1930年两人第二次恋爱终结，佩索阿对奥菲丽娅的接触也止于拥吻而已。"长夜漫漫，睡眠亦是一种向往"，而向往的结果，是一次又一次的相见、相恋，没有终点的相恋。每一次相见，都是"清晨"。

　　1930年1月，为创作寻找灵感而酗酒、抽烟的佩索阿身体越来越虚弱，他再也不给奥菲丽娅回信，直至1935年去世。三年后，奥菲丽娅嫁给了一位戏剧导演，平静地生活到1991年，享年九十一岁。雁过无痕，留下的唯有诗篇。

我对你的爱 穿越了千秋万古 前世今生 朝朝暮暮

[印] 拉宾德拉纳特·泰戈尔

Rabindranath Tagore

《离别的赠言》《我对你的爱,穿越了千秋万古》

离别的赠言

当我离开此地

这将是我离别的赠言,

一切如我所见,都将无法超越。

                                        我品尝这朵莲花的花蜜

                                        蔓延在洒满光的海面,

                                        我因此得到庇佑

                                        ——这将是我离别的赠言。

在这错综变化的游戏之房

我已酣畅淋漓,

在这里,我与他无形中相见。

他的触碰,使我的身躯颤抖,

他是不可触碰的。

假若我的生命已走到尽头,那么,

——这将是我离别的赠言。

离别的赠言　拉宾德拉纳特·泰戈尔

赏析

泰戈尔（1861—1941年）是印度诗人，也是第一位获得诺贝尔文学奖的亚洲人。他的一生有过数段爱情。每一段爱情都使他极为投入，而每段爱情都未能走到最后，一如这首诗中的"我"——"在这错综变化的游戏之房 / 我已酣畅淋漓 / 在这里，我与他无形中相见"。其实，唯其不可得，才是真爱。

泰戈尔一生中，谈过至少四次恋爱。两次是与略年长于他的女性，一位是他为赴英伦求学前，寄居孟买时的房东女儿纳莉妮，她与泰戈尔年龄相仿，教他英语。但泰戈尔去了英国，纳莉妮嫁与他人，次年抑郁而终。另一位是大他两岁的五嫂卡丹巴丽，两人相识于泰戈尔八岁那年，一种柏拉图式的依恋弥散在泰戈尔的少年时期。十六年后，泰戈尔结婚仅四个月，卡丹巴丽自杀身亡，时年二十六岁。还有一位是帕兹达列妮，她出身传统家庭，只读过一年书。二十二岁的泰戈尔因父命娶了十一岁的她，却因思念纳莉妮，而将她改名为"默勒纳莉妮"。默勒纳莉妮崇拜泰戈尔，她努力自学，登台演戏，成为泰戈尔的理想伴侣，可最终也在婚后的第二十年，先泰戈尔而离去。正是这些半途而夭的爱情，构成了泰戈尔一生对于爱情的长叹——无望与死去——"假若我的生命已走到尽头，那么，——这将是我离别的赠言。"

我对你的爱,穿越了千秋万古

我对你的爱,穿越了千秋万古,

前世今生,朝朝暮暮。

我用爱心串成诗的链子,

将它佩于你颈间,

从来世,走到今生。

那些千年以前的爱恋、

时光深处的悲欢离合,

总叫我看见你从黑暗中携光而来,

像最明亮的星,

照耀着永恒的记忆闪烁。

我们来自爱之清泉,

在无数爱人的生命中嬉闹,

在忧郁寂寞的眼泪中,

在甜蜜相会的悸动中,

在守望千年的爱恋中,

一次次地重新流过。

那永恒的爱之泉水，奔涌流淌，

最终找回了它的方向。

所有的谈笑、期待和忧愁，

所有的疯狂、欢乐与回忆，

千秋百世，万古河流，芸芸众生，

宏大的爱恋，从四面八方奔涌袭来，

最终在你的脚下停驻，

汇成爱情。

我对你的爱，穿越了千秋万古 拉宾德拉纳特·泰戈尔

赏析

据说，这首诗是写给默勒纳莉妮的。在嫁给泰戈尔之前，她是一个非常普通的小女孩；但嫁给他之后，一种靠近天才的被点燃之感，在她身上出现了。她开始把丈夫的理想视为自己的追求，既爱泰戈尔，也爱他的诗歌，爱他的梦想，以及他的一切。于是，她开始努力学习，除了孟加拉语，还学了英语、梵语，诵读古典文学，用孟加拉语写出了梵语版《罗摩衍那》的简易读本。此外，她还登台演出了泰戈尔的戏剧《国王和王后》，以对角色的分析入木三分，更赢得了丈夫的信任与尊重。婚后，整整二十年，她以崇拜之心照顾着泰戈尔，两人生育了五个孩子。而最终，她病逝了。尽管在妻子卧床期间，整整两个月，泰戈尔侍奉汤药，亲手摇扇，但他还是为自己没有充分补偿妻子的爱而自责、遗憾；尽管他们的结合主要出于传统习俗，即泰戈尔属于低等的婆罗门种族，只能娶更低一级的婆罗门姑娘，但是，长达二十年的生活使得这种结合逐渐濡染了特殊的爱情。

妻子去世后，泰戈尔写了二十七首诗，合集《追忆》出版。这首诗就出自其间。尽管诗中有光明、嬉闹、甜蜜、泉水、欢乐，但它一点儿也不欢乐，没有活力，满满全是压抑的深沉的痛切之感，真挚而强烈。"对你的爱，穿越了千秋万古"，本质上是对妻子此生为他扮演的多重角色的偿还，而这种偿还的原因是爱。

让爱化为海潮 在灵魂之间流淌

[黎巴嫩] 纪伯伦 Gibran

《我的心只悲伤七次》《论婚姻》

我的心只悲伤七次

第一次，它放弃进步理想，错失机遇光荣；

第二次，它抛却恻隐同情，显出冷漠面庞；

第三次，它选择舒适安逸，却于迎难而上；

第四次，它常为己过开脱，失去勇气担当；

第五次，它内心软弱退缩，佯做宽宏忍让；

第六次，它鄙夷他人丑恶，从未反观思量；

第七次，它不辨善恶美德，反将虚伪颂扬。

赏析

纪伯伦（1883-1931年），是黎巴嫩裔美国诗人、作家、画家，也是阿拉伯世界中难得的艺术天才。这首诗的汉译有不同版本，其指向也各不相同，或译为"我的心曾悲伤七次"，或译为"我曾七次鄙视过自己的灵魂"，未必都能理解为情诗。可是，一旦将它译作《我的心只悲伤七次》，一种特殊的爱情之感就油然而生了：一段感情不可能永恒不变，它只有七次可以悲伤的机会，逾过则爱将夭折。这七次的"悲伤"分别是什么呢？一是因自卑而不敢表白，二是因肉欲而错失真爱，三是因畏难而半途退却，四是因自私而推卸责任，五是因懦弱而甘于现状，六是缺乏内省，七是缺乏勇气。每一次的悲伤，全都指向自我。它深刻地说明了爱情本质上就是要与人天性中的妥协和软弱做殊死的搏斗。不为此，则不足称"爱"，而没有爱，生活也就只剩下眼前的苟且。爱情不是苟且，它是对苟且的鄙夷——哪怕带来的是悲伤。

这种解读未必符合纪伯伦的本意，但也未必不合他的内心。纪伯伦终身未娶，他爱过一位女子，却因年龄而无法走到一起。两人自1906年开始恋爱，四年后共同决定放弃婚姻，而成为一生的恋人和挚友。这位名为玛丽·哈斯凯尔的女子，资助他赴巴黎学绘画，翻译他的作品，保存他的遗著。而显然，这样的爱情，正是对这世间诸多苟且的超越。

论婚姻

你们的结合要留有余地,
好让天堂的风穿梭其间。

深爱彼此,但不给对方束缚,
让爱化为海潮,在灵魂之间流淌。
为对方斟满美酒,却不共饮一杯,
给对方分享面包,却不共食一块。
且歌且舞,共享欢愉,
但不侵扰对方的独处。
好比那琵琶的四弦,
虽同奏一曲,
却彼此分离,彼此独立。

敞开你的心扉，但不是交予对方，

唯广阔如生命，才能容纳你的心房。

彼此依靠，却又彼此相离，

祠庙的梁柱各自兀立，

橡树和松柏，也不会在彼此的阴影中成材。

论婚姻　纪伯伦

赏析

1904年，二十一岁的纪伯伦历经亲人相继离开、去世，只身一人从黎巴嫩搬去美国，靠写文章、卖画偿还债务。在他的第一个画展上，他与三十一岁的玛丽·哈斯凯勒相识，惺惺相惜的二人展开了长达一生的爱恋。但可惜的是，玛丽·哈斯凯勒拒绝了纪伯伦的求婚，她在日记中写道："我爱他，我俩的心是相通的……令人苦恼的障碍是我的年龄"，此后二人彼此爱慕、相互陪伴，却并不束缚对方。1931年，纪伯伦逝世，年仅四十八岁，终身未娶。律师宣读了他的遗嘱："画室中的一切，包括画、书和艺术品，全部赠予玛丽·哈斯凯勒。"而在纪伯伦的遗物中，保存着二十多年间玛丽写给他的全部书信，如今成为研究纪伯伦的重要文献。

这首诗是这位黎巴嫩裔美国诗人婚姻观以及心目中的理想婚姻的体现，他充分表达了独立的重要性——"为对方斟满美酒，却不共饮一杯，给对方分享面包，却不共食一块。"相爱的两个人"同生同伴"，却彼此独立、留有余地，就像"祠庙的梁柱""橡树和松柏"要站在一处，却并不依附。这首诗与中国当代朦胧诗中《致橡树》(舒婷)的立意极为相似，那就是爱一个人就应该尊重其作为生命个体的独立性，而被爱也意味着自我拥有了更大的独立可能。纪伯伦与玛丽因为年龄之差而未能走到一起，恰给这位诗人提示了独立的意义。

从前见过的人啊，现在隔着山溪不相关了

[日] 清少纳言

せいしょうなごん

《山》

山

伊吹山。

朝仓山。

从前见过的人啊,

现在隔着山漠不相关了。

赏析

清少纳言（约966—约1025年）是日本平安时期女作家，号称"中古三十六歌仙之一"，也被誉为"平安时期三大才女"之一。她担任过天皇皇后藤原定子的女官。不过，清少纳言并不是一个名字，其中清是姓，而"少纳言"则是官名。

清少纳言的代表作，是一部散文集《枕草子》。这部作品执笔于她在宫中供职时，而成书则是她离开了宫廷之后。因此，全书记叙她在宫廷里的所见所闻，显现出一种强烈的平安时期的贵族雅趣。这几句带有诗意的话，就出自全书的第一章第十一段。这段名为《山》，就是列举了各种山的名字；其后还有《峰》《原》《市》《渊》《海》《渡》《陵》《家》等，都是类聚名物事项的写法，在一堆列举的名字之间，忽然夹着一句感慨。而这句感慨，便成了后人情绪之端。

物是人非，是爱情消散后最易引发的感叹。那些爱过的人，再也不见了。可是，爱的痕迹，人在爱中的成长，积淀下的记忆、教训和经验，却依然在随着人的经历而酝酿。走过的路，送你到了今天。那些路，"你记得也好／最好你忘掉"。

《枕草子》里还有不少清少纳言的日记。根据这些日记可知，清少纳言十六岁时结婚，育有一子，随后离婚；出宫以后，又嫁给有着较大年龄差的摄津守藤原栋世，育有一女。藤原栋世去世后，清少纳言落发为尼，不知所终。而在宫中，她还与几位男子有过情感交往。那些她"从前见过的人"，或就在其中。

诗歌作者：纪伯伦等

纪伯伦，黎巴嫩诗人、画家，与泰戈尔并称为"站在东西方文化桥梁上的巨人"。他生于黎巴嫩卡沙谷地的小山村，自幼灵气十足，桀骜不驯。童年岁月，饱受折磨，遍尝人间疾苦，一生更是辗转多国，一路漂泊，终生未婚。其主要代表作有《先知》《沙与沫》《情与思》等。

诗歌赏析：林玮

林玮，文学博士（北京师范大学文学院与美国杜克大学东亚系联合培养），浙江大学传媒与国际文化学院副教授，硕士生导师，江苏省南菁美育研究所副理事长。曾任江苏省南菁高级中学、张家港实验小学集团等名教育机构的首席驻校专家。代表作有《用音乐学古诗》《古诗里的核心词》等。

图书在版编目（CIP）数据

我的心只悲伤七次 /（黎巴嫩）纪伯伦等著；林玮赏析. -- 北京：中译出版社，2024.5
（最雅情诗）
ISBN 978-7-5001-7460-8

Ⅰ. ①我… Ⅱ. ①纪… ②林… Ⅲ. ①诗集—世界
Ⅳ. ①I12

中国国家版本馆CIP数据核字(2023)第148933号

出版发行：中译出版社
地　　址：北京市西城区新街口外大街28号普天德胜科技园主楼4层
电　　话：（010）68005858，68358224（编辑部）
传　　真：（010）68357870
邮　　编：100088
电子邮箱：book@ctph.com.cn
网　　址：http://www.ctph.com.cn

总 策 划：刘永淳
策划编辑：范　伟
责任编辑：范　伟
文字编辑：白雪圆
营销编辑：白雪圆　郝圣超
封面设计：柒拾叁号工作室
排　　版：柒拾叁号工作室
印　　刷：北京顶佳世纪印刷有限公司
经　　销：新华书店

规　　格：880毫米×1230毫米　1/32
印　　张：3.25
字　　数：90千字
版　　次：2024年5月第1版
印　　次：2024年5月第1次

ISBN 978-7-5001-7460-8　　定价：68.00元

版权所有　侵权必究
中译出版社